| 主编·汪剑钊 |

金色俄罗斯
Золотая Россия

我们不会告别
——阿赫玛托娃诗选

Мы не умеем прощаться

[俄] 阿赫玛托娃 / 著

董树丛 / 译

四川人民出版社

图书在版编目（CIP）数据

我们不会告别：阿赫玛托娃诗选/（俄罗斯）阿赫
玛托娃著；董树丛译. —成都：四川人民出版社，
2020.10
（金色俄罗斯）
ISBN 978－7－220－11959－0

Ⅰ. ①我… Ⅱ. ①阿… ②董… Ⅲ. ①诗集－俄罗斯
－近代 Ⅳ. ①I512.24

中国版本图书馆 CIP 数据核字（2020）第 148315 号

WOMEN BUHUI GAOBIE：AHEMATUOWA SHIXUAN

我们不会告别：阿赫玛托娃诗选
［俄］阿赫玛托娃 著 董树丛 译

策划组稿	黄立新 张春晓
责任编辑	张春晓
装帧设计	张迪若
责任印制	祝 健
出版发行	四川人民出版社（成都槐树街 2 号）
网 址	http://www.scpph.com
E-mail	scrmcbs@sina.com
新浪微博	@四川人民出版社
微信公众号	四川人民出版社
发行部业务电话	（028）86259624 86259453
防盗版举报电话	（028）86259624
照 排	四川胜翔数码印务设计有限公司
印 刷	成都东江印务有限公司
成品尺寸	140mm×203mm
印 张	8.75
字 数	168 千
版 次	2020 年 10 月第 1 版
印 次	2020 年 10 月第 1 次印刷
书 号	ISBN 978－7－220－11959－0
定 价	50.00 元

金色俄罗斯
Золотая Россия

致敬"金色俄罗斯丛书"译介团队，感谢所有参与者为传播
俄罗斯文学、增进中俄两国人民文化交流而做的努力！

汪剑钊　丛书主编、译者，北京外国语大学外国文学研究所教授，博士生导师。

张建华　丛书顾问、译者，北京外国语大学教授。

刘文飞　丛书顾问，中国俄罗斯文学研究会会长。

张　冰　北京师范大学俄语系教授，博士生导师。

赵晓彬　哈尔滨师范大学斯拉夫语学院副院长，博士生导师。

杨玉波　哈尔滨师范大学斯拉夫语学院副教授，文学博士。

郑艳红　中国社会科学院文学博士，绥化学院外国语系教师。

张　猛　北京外国语大学外国文学研究所博士。

李　莉　北京师范大学文学博士，杭州师范大学教授。

顾宏哲　辽宁大学俄语系副教授，硕士生导师。

赵艳秋　复旦大学俄语系副主任，文学博士。

侯炜红	中国社会科学院外国文学研究所俄罗斯文学研究室主任，文学博士。
池济敏	四川大学外国语学院副院长，副教授，文学博士。
飞　白	云南大学外语系教授，浙江省比较文学与外国文学学会名誉会长。
黄　玫	北京外国语大学俄语学院教授，博士生导师。
杨晓笛	北京外国语大学博士，太原理工大学教师。
李玉萍	洛阳理工学院外国语学院教师。
王立业	北京外国语大学俄语学院教授，博士生导师。
邱　鑫	黑龙江大学俄语学院文学博士。
郭靖媛	北京外国语大学外国文学研究所硕士。
薛冉冉	浙江大学外语学院副教授，博士。
温玉霞	西安外国语大学俄语学院教授，博士生导师。
潘月琴	北京外国语大学俄语学院副教授，博士。
余　翔	北京外国语大学外国文学研究所博士。
李春雨	厦门大学外文学院助理教授，博士。
董树丛	北京外国语大学外国文学研究所硕士。
冯昭玙	浙江大学外文系教授。
杜　健	北京师范大学俄语语言文学专业博士。
韩宇琪	北京师范大学俄语语言文学专业博士。
徐　琪	厦门大学外文学院教授，文学博士。
徐曼琳	四川外国语大学俄语系教授，文学博士。

欢迎更多的译者加入"金色俄罗斯丛书"……

（按译作出版时间排序）

四川人民出版社　　文学出版中心

金色的"林中空地"（总序）

汪剑钊

2014 年 2 月 7 日至 23 日，第二十二届冬奥会在俄罗斯的索契落下帷幕，但其中一些场景却不断在我的脑海回旋。我不是一个体育迷，也无意对其中的各项赛事评头论足。不过，这次冬奥会的开幕式与闭幕式上出色的文艺表演给我留下了深刻的印象，迄今仍然为之感叹不已。它们印证了一个民族对自身文化由衷的热爱和自觉的传承。前后两场典仪上所蕴含的丰厚的人文精髓是不能不让所有观者为之瞩目的。它们再次证明，俄罗斯人之所以能在世界上赢得足够的尊重，并不是凭借自己的快马与军刀，也不是凭借强大的海军或空军，更不是凭借所谓的先进核武器和航母，而是凭借他们在文化和科技上的卓越贡献。正是这些劳动成果擦亮了世界人民的眼睛，引燃了人们眸子里的惊奇。我们知道，武力带给人们的只有恐惧，而文化却值得给予永远的珍爱与敬重。

众所周知，《战争与和平》是俄罗斯文学的巨擘托尔斯泰所著的一部史诗性小说。小说的开篇便是沙皇的宫廷女官安娜·帕夫洛夫娜家的舞会,这是介绍叙事艺术时经常被提到的一个经典性例子。借助这段描写,托尔斯泰以他的天才之笔将小说中的重要人物一一拈出,为以后的宏大叙事嵌入了一根强劲的楔子。2014年2月7日晚,该届冬奥会开幕式的表演以芭蕾舞的形式再现了这一场景,令我们重温了"战争"前夜的"和平"魅力(我觉得,就一定程度上说,体育竞技堪称是一种和平方式的模拟性战争)。有意思的是,在各国健儿经过十数天的激烈争夺以后,2月23日,闭幕式让体育与文化有了再一次的亲密拥抱。总导演康斯坦丁·恩斯特希望"挑选一些对于世界有影响力的俄罗斯文化,那也是世界文化遗产的一部分"。于是,他请出了在俄罗斯文学史上引以为傲的一部分重量级人物:伴随拉赫玛尼诺夫第二钢琴协奏曲的演奏,普希金、果戈理、屠格涅夫、托尔斯泰、陀思妥耶夫斯基、契诃夫、马雅可夫斯基、阿赫玛托娃、茨维塔耶娃、布尔加科夫、索尔仁尼琴、布罗茨基等经典作家和诗人在冰层上一一复活,与现代人进行了一场超越时空的精神对话。他们留下的文化遗产像雪片似的飘入了每个人的内心,滋润着后来者的灵魂。

美裔英国诗人 T. S. 艾略特在《诗的作用和批评的作用》一文中说:"一个不再关心其文学传承的民族就会变得野蛮;一个民族如果停止了生产文学,它的思想和感受力就会止步不前。一个民族的诗歌代表了它的意识的最高点,代表了它最强大的力量,也代表了它最为纤细敏锐的感受力。"在世界各民族中,俄罗斯堪称最为关心自己"文学传承"的一个民族,而它辽阔的地理特征则为自己的文学生态提供了一大片培植经典的金色的"林中空地"。迄今,在这片土地上生根发芽并长成参天大树的作家与作品已不计其数。除上述提及的文学巨匠以外，19世纪的茹科夫斯基、巴拉廷斯基、莱蒙托夫、丘特切夫、别林斯基、赫尔岑、费特等，20世纪的高尔基、勃洛克、安德列耶夫、什克洛夫斯基、普宁、索洛古勃、吉皮乌斯、苔菲、阿尔志跋绥夫、列米佐夫、什梅廖夫、波普拉夫斯基、哈尔姆斯等，均以自己的创造性劳动进入了经典的行列，向世界展示了俄罗斯奇异的美与力量。

中国与俄罗斯是两个巨人式的邻国，相似的文化传统、相似的历史沿革、相似的地理特征、相似的社会结构和民族特性，为它们的交往搭建了一个开阔的平台。早在1932年，鲁迅先生就为这种友谊写下一篇"贺词"——《祝中俄文字之交》，指出中国新文学所受的"启发"，将其看作自己的"导师"和"朋友"。20世纪50年代，由于意识形态的接近，中国与俄国在文化交流上曾出现过一个"蜜月期"，在那个特定的时代，俄罗斯文学几乎就是外国文学的一个代名词。俄罗斯文学史上的一些名著，如《叶甫盖尼·奥涅金》《死魂灵》《贵族之家》《猎人笔记》《战争与和平》《复活》《罪与罚》《第六病室》《丽人吟》《日瓦戈医生》《安魂曲》《没有主人公的叙事诗》《静静的顿河》《带星星的火车票》《林中水滴》《金蔷薇》和《钢铁是怎样炼成的》等，都曾经是坊间耳熟能详的书名，有不少读者甚至能大段大段背诵其中精彩的章节。在一定程度上，我们可以说，翻译成中文的俄罗斯文学作品已构成了中国新文学的一个重要组成部分，成为现代汉语中的经典文本，就像已广为流传的歌曲《莫斯科郊外的晚上》《三套车》《喀秋莎》《山楂树》等一样，后者似乎已理所当然地成为中国的民歌。迄今，它们仍在闪烁金子般的光芒。

不过，作为一座富矿，俄罗斯文学在中文中所显露的仅是冰山一角，大量的宝藏仍在我们有限的视域之外。其中，赫尔岑的人性，丘特切夫的智慧，费特的唯美，洛赫维茨卡娅的激情，索洛古勃与阿尔志跋绥夫在绝望中的希望，苔菲与阿维尔琴科的幽默，什克洛夫斯基的精致，波普拉夫斯基的超现实，哈尔姆斯的怪诞，等等，大多还停留在文学史上的地图式导游。为此，作为某种传承，也是出自传播和介绍的责任，我们编选和翻译了这套"金色俄罗斯丛书"，其目的是进一步挖掘那些依然静卧在俄罗斯文化沃土中的金锭。可以说，被选入本丛书的均是经过了淘洗和淬炼的经典文本，它们都配得上"金色"的荣誉。

行文至此，我们有必要就"经典"的概念略做一点说明。在汉语中，"经典"一词最早出现于《汉书·孙宝传》："周公上圣，召公大贤。尚犹有不相说，著于经典，两不相损。"汉朝是华夏民族展示凝聚力的重要朝代，当时的统治者不仅实现了政治上的统一，而且也希望在文化上设立标杆与范型，亟盼对前代思想交流上的混乱与文化积累上的泥沙俱下状态进行一番清理与厘定。客观地说，它取得了一定的成效，虽说也因此带来了"罢黜百家"的重大弊端。就文学而言，此前通称的"诗三百"也恰恰在那时完成了经典化的过程，被确定为后世一直崇奉的《诗经》。关于"经典"的含义，唐代的刘知幾在《史通·叙事》中有过一个初步的解释："自圣贤述作，是曰经典。"这里，他将圣人与前贤的文字著述纳入经典的范畴，实际是一种互证的做法。因为，历史上那些圣人贤达恰恰是因为他们杰出的言说才获得自己的荣名的。

那么，从现代的角度来看，什么是经典呢？商务印书馆出版的《现代汉语词典》给出了这样的释义：1. 指传统的具有权威性的著作：博览经典。2. 泛指各宗教宣扬教义的根本性著作。不同于词典的抽象与枯涩，意大利著名作家卡尔维诺归纳出了十四条非常感性的定义，其中最为人称道的是其中两条：其一，一部经典作品是一本每次重读都像初读那样带来发现的书；一部经典作品是一本即使我们初读也好像是在重温的书。其二，经典作品是一些产生某种特殊影响的书，它们要么自己以遗忘的方式给我们的想象力打下印记，要么乔装成个人或集体的无意识隐藏在深层记忆中。参照上述定义，我们觉得，经典就是经受住了历史与时间的考验而得以流传的文化结晶，表现为文字或其他传媒方式，在某个领域或范围具有一定的权威性和典范性，可以成为某个民族、甚或整个人类的精神生产的象征与标识。换一个说法，每一部经典都是对时间之流逝的一次成功阻击。经典的诞生与存在可以让时间静止下来，打开又一扇大门，带你进入崭新的世界，为虚幻的人生提供另一种真实。

或许，我们所面临的时代确实如卡尔维诺所说："读经典作品似乎与我们的生活步调不一致，我们的生活步调无法忍受把大段大段的时间或空间让给人本主义者的悠闲；也与我们文化中的精英主义不一致，这种精英主义永远也制定不出一份经典作品的目录来配合我们的时代。"那么，正如沙漠对水的渴望一样，在漠视经典的时代，我们还是要高举经典的大纛，并且以卡尔维诺的另一段话镌刻其上："现在可以做的，就是让我们每个人都发明我们理想的经典藏书室；而我想说，其中一半应该包括我们读过并对我们有所裨益的书，另一些应该是我们打算读并假设对我们有所裨益的书。我们还应该把一部分空间让给意外之书和偶然发现之书。"

愿"金色俄罗斯"能走进你的藏书室，走进你的精神生活，走进你的内心！

目录
Contents

选译自《念珠》（1914）

选译自《群飞的白鸟》（1917）

选译自《车前草》（1921）

选译自《耶稣纪元》（1921—1922）

选译自《芦苇》（1924—1940）

选译自《第七本书》(1936—1964)

选译自《黄昏》(1912)

爱

有时像条小蛇蜷缩一团，
在内心的角落施展巫术，
有时像只小鸽子，整日
在白色的窗前咕咕絮语，

有时在晶亮的霜花里闪耀，
宛如沉醉梦中的紫罗兰……
但总会忠实而隐秘地诱导
远离快乐，远离安宁。

在小提琴忧戚的祈祷中
善于如此甜蜜地恸哭，
而若在尚未熟悉的微笑里
将它识破，又令人战栗。

1911 年 11 月 24 日，皇村

在皇村（组诗三首）

1. 马驹们在林荫道上飞驰而过……

马驹们在林荫道上飞驰而过，
梳理过的长鬃腾起高高的浪。
哦这令人心醉的谜一样的城市，
我爱上你，却识到愁苦的滋味。

我奇怪地想起：曾愁绪满怀，
在临终前的窒息中胡言乱语。
而今我变成一只玩具的样子，
像我玫瑰色的朋友——白鹦。

胸中未被痛苦的预感占据，
如果你想，请看我的双眸。
只是我不喜日落前的时分，
海上的风，和那句"走开"。

1911 年 2 月 22 日，皇村

2. ……那里有我的大理石雕像……

……那里有我的大理石雕像，
残破的身躯跌落在老槭树下，
它把面容映在湖水中，
凝神谛听绿色的絮语。

清澈明净的雨水濯洗
它干枯凝结的伤口……
冰冷苍白的人儿，请等一等，
我也会变成大理石一样的我。

1911 年

3. 黝黑的少年在林荫道上徘徊……

黝黑的少年在林荫道上徘徊，
在湖畔彷徨，愁肠百结，
一百年逝去，我们依然将他
窸窣缥缈的脚步声珍藏。

刺人的松针密密麻麻地
覆盖着低处矮矮的树墩……
这里放过他的三角帽
和一卷残破的帕尔尼诗集。

1911 年 9 月 24 日，皇村

无论是吹风笛的男孩……

无论是吹风笛的男孩，
还是那编花环的姑娘，
无论是树林中两条交叉的小径，
还是遥远的田野上遥远的微光——

我都已看见。我将一切铭记，
满含温柔的怜爱，珍藏心底。
唯有一人我从来不曾知晓
甚至再也无法将他想起。

我不祈求智慧，不祈求力量。
哦，我只求偎在火旁取暖！
我好冷……有翅的，无翼的，
快乐之神并不会降临我身。

1911 年 11 月 30 日，皇村

最后的相会之歌

胸口在绝望中颤抖，
而脚步依然轻盈。
我将左手的手套
戴在了右手上。

台阶走起来像有很多，
而我明知——只有三级！
秋日的私语穿过槭树
发出请求："请与我死去！

我被那变化无常的
阴郁坎坷的命运欺骗。"
我回答："亲爱的，亲爱的！
我也一样。我与你一起去死……"

这是最后的相会之歌。
我回望晦暗的房屋。

只有卧室的蜡烛冷漠地

扑闪着昏黄的火焰。

1911 年 9 月 29 日，皇村

你像用一根麦秆啜饮我的灵魂……

你像用一根麦秆啜饮我的灵魂。
我知道，它苦涩的滋味易惹人醉。
但我无法靠哀求逃离折磨，
哦，我的平静需持续多日。

请告诉我，你何时结束。世上
没有了我的灵魂，也不会悲伤。
我将踏上并不遥远的路途，
去观赏孩子们嬉戏玩耍。

草丛里的刺李正在开花，
篱墙外人们在搬运砖瓦。
你是谁：我的兄弟还是爱人，
我已不记得，也无需记得。

这里如此明亮，疲倦的身躯
如此孤寂无依地休憩着……

而过路的人不明所以地猜度：

也许，她刚在昨天成了寡妇。

1911 年 2 月 10 日，皇村

我再也不需要我的双足……

我再也不需要我的双足，
就让它们变作一条鱼尾！
我在清凉怡人的水中游荡，
远方栈桥泛着微茫的白光。

我再也不需要驯顺的灵魂，
就让它化作一缕烟，轻烟，
缭绕在黑色的堤岸上，
升腾起淡蓝色的云雾。

看，我深深地潜入水中，
用手紧紧抓住一簇水草，
我不再重复任何人的话语，
不再沉醉于任何人的思念……

而你，我远方的人，为何
已变得如此憔悴、惆怅?

我听到了什么？整整三个星期

你一直悄声说："可怜的女人，为何？"

1911 年

幻觉（组诗四首）给玛·亚·戈连科①

1. 清晨迷醉在春日的暖阳里……

清晨迷醉在春日的暖阳里，
凉台上也袭来玫瑰的清香，
天空比蓝釉瓷器还要明亮。
本子包着柔软的羊皮封面；
我诵读着上面写给祖母的
哀歌和抒情诗。

我看到小路伸到门口，石墩
在碧绿的草地泛着清晰的白光。
哦，心儿甜蜜而盲目地爱着！
欢喜于绚烂夺目的花坛，

---

① 玛·亚·戈连科（1887—1939），阿赫玛托娃的嫂子，她在基辅生活时最亲密的朋友。

乌鸦划过天空的凄厉尖叫，

和小径深处掩映的墓穴拱门。

1910 年 11 月 2 日，基辅

2. 闷热窒息的风吹拂着……

闷热窒息的风吹拂着，
阳光灼伤我的手臂，
苍穹高悬在我的头顶，
仿佛一块蓝色玻璃；

蜡菊的发辫四下垂落，
散发着干枯的气息。
干瘪的云杉树干上
现出蚂蚁犁耕的路。

池塘慵懒地闪着银光，
生活重新变得轻盈……
谁会在今天穿过吊床
斑驳的网格，进入我的梦？

1910 年 1 月，基辅

3. 蓝色向晚。风儿已温和地平息……

蓝色向晚。风儿已温和地平息，
一道明亮的光在唤我回家。
我猜想：谁在那儿？——新郎，
是我的新郎吗？

凉台上闪现着熟悉的剪影，
轻声细语依稀可闻。
哦，那般令人迷醉的慵倦，
至今仍未落在我的心上。

杨树发出不安的沙沙声，
轻柔的幻梦把它们拜访。
天空渐渐呈现黛青色，
星光暗淡、苍白。

我带回一束白色的紫罗兰。
因为隐秘的火焰深藏其中，

那从羞怯的手中接过它的人，
也将碰触这温热的手掌。

1910 年 9 月，皇村

4. 我写下这些话……

我写下这些话，
长久以来怯于言说的话。
头脑迟缓地疼痛着，
身体莫名失去知觉。

远处的牧笛寂然无声，
内心尽是无尽的谜题，
秋天轻盈的雪花
飘落在槌球场上。

残存的树叶飒飒作响！
残存的情思受尽折磨！
我不曾想去打扰
那已习惯快乐的人。

我已宽恕娇俏的双唇
曾开下的残酷玩笑……

哦，明天您将沿着
雪后新开的小路来到这里。

一支支蜡烛将在客厅点亮
白日里会更加柔和地颤动，
人们将从温暖的花房
采来一整束的玫瑰。

1910 年 8 月，皇村

我与你开怀共醉……

我与你开怀共醉——
而你的故事意趣寥寥。
初秋将金黄的旗帜
高挂在榆树的枝头。

你我误入虚幻的国度
囚禁于苦涩的懊悔中，
可为何我们还强作
诡异而僵冷的欢颜？

我们曾宁愿被痛苦灼伤
也不要安宁的幸福……
我不会离弃我浪荡的
我温柔多情的朋友。

1911 年，巴黎

心同心并没有锁在一起……

心同心并没有锁在一起，
倘若你想——走便是了。
人生路上来去自由的人，
太多的幸福正把他等待。

我不会哭泣，也不会哀怨，
幸福在我身上总是缺席，
不要吻我，我已疲倦——
死神自会来吻我。

抑郁消沉的时日连同
白色的冬天一同挨过。
究竟为何，究竟为何
你竟好过我的意中人？

1911 年春

白夜里

啊，房门我没有关闭，
烛光我没有点亮，
你不知道我有多疲惫，
可还是不想躺下。

我凝视一道道霞光熄灭
在落日投向松针的暗影，
我沉醉在人的话音里，
它同你的声音那么相似。

我明白，一切都已失去，
生活——万恶的地狱！
哦，可我还那么确信，
你终将来到我面前。

1911 年 2 月 6 日，皇村

风，请把我埋葬，埋葬！

风，请把我埋葬，埋葬！
我的亲人未曾到来，
唯有黑夜和大地静默的呼吸
在我的上空流淌。

我曾像你一样自由，
却对生活太过渴望。
风，看我冰冷的躯壳，
没有人为我合拢双手。

请以苍茫冥色织被，
掩覆这黑色的伤口。
请让蔚蓝色的薄雾
在我上空吟唱圣歌。

为使我孑然一身，轻快
安详地抵达最后的梦乡，

请让高高的苔草簌簌浅唱

唤醒春天，我的春天。

致缪斯

缪斯姐姐瞥了我一眼，
她的眼神如此清澈、明亮。
她夺走了我金色的戒指，
夺走了春天的第一份礼物。

缪斯！你看，人人那么幸福——
少女、妇人和寡妇们……
我宁愿死在漂泊的路上，
也受不得这牢笼的束缚。

我知道：我要去采摘一朵
娇嫩的雏菊，为自己占卜。
在这尘世，每个人都会
经受爱情的苦刑。

我点亮窗前的蜡烛到黎明
然而我并没有思念任何人，

我不想，不想，不想知晓，

别的女人如何被亲吻。

明天，所有的镜子都会把我嘲笑：

"你的眼神不再清澈，不再明亮……"

我会静静地回答："是她夺走了

上帝赐我的礼物。"

1911 年 10 月 10 日，皇村

他喜欢过……

他喜欢过世上三样事物：
傍晚时歌唱，白色孔雀
和磨损的美洲地图。
他不喜欢孩子哭泣，
不喜欢马林果茶
和女人的歇斯底里
……而我曾是他的妻。

1910 年 11 月 9 日，基辅

今天没有我的信……

今天没有我的信：
许是他忘写了，或是走了；
春天银铃般的笑声在啼啭，
船只在港湾里飘荡，摇晃。
今天没有我的信……

不久前他还和我一起，
如此多情的、温柔的我的他，
可那是白色的冬季，
如今已是春，春天的忧伤有毒，
不久前他还和我一起……

我听到提琴那轻盈跳动的弓
在死亡的痛苦中颤抖，颤抖
我感到恐惧，心就要碎裂，
这些柔情的诗行怕要写不完……

1912 年

蓝色葡萄粒的气息甜蜜……

蓝色葡萄粒的气息甜蜜……
醉人的远方撩拨着心弦。
你的声音低沉而凄冷。
我不再怜悯，怜悯任何人。

浆果之间攀爬着蛛网，
柔韧的藤蔓依然纤细，
云朵漂荡似一块块浮冰
在蓝色河流明亮的水中。

太阳当空，闪着明亮的光。
请去向波浪低诉伤痛吧。
哦，也许它会给你答案，
又也许，它会将你亲吻。

1912 年

葬

我为坟墓寻找处所。
你可知道，哪里更明亮？
旷野上如此冰冷。
海边的乱石堆太过荒凉。

而她已习惯安静
又贪恋阳光。
我在上面筑起修道小室，
好像我们居住多年的家。

小窗间会有一道小门
我们在屋里点亮长明灯，
仿佛一颗黑暗的心
燃起鲜红的火焰。

知道吗，她曾在病中发呓语，
念着另一个世界，念着天堂，

可修道士却用责备的语气说：
"天堂非你们，非罪人之地。"

那时她痛苦得脸色苍白，
低声说："我要跟你走。"
而今唯有我们，自由自在，
悠游于碧波巨浪之上。

1911 年 9 月 22 日

我对着窗前的光祈祷……

葡萄藤上花儿生长，

而我今晚二十岁了。

安德烈·杰里埃[1]

我对着窗前的光祈祷——

它苍白，纤细，笔直。

自清早起我默然不语，

可心儿——碎落两半。

我的盥洗盆里

生起绿色的铜锈，

而光仍在其中跳动，

看着心生欢喜。

在黄昏的寂静里

它如此单纯而普通，

而在这空荡的房子里

---

[1] 原文为法语。安德烈·杰里埃（1833—1907），法国诗人、剧作家。

它于我像一个金色的

节日，像一个慰藉。

1909 年

选译自《念珠》（1914）

漫　步

羽毛轻轻掠过马车篷顶。
我瞥了一下他的眼睛。
内心饱受煎熬，竟不知
自己悲伤的缘由。

云朵飘浮的苍穹下
忧郁萦绕在无风的傍晚，
布洛涅森林如同被水墨
描绘在古老的画册上。

汽油和丁香的气味，
那充满警觉的宁谧……
他再一次触碰我的双膝
用他几乎不曾战栗的手。

1913 年 5 月

我们在这都是酒鬼和娼妇……

我们在这都是酒鬼和娼妇，
我们在一起是那么苦闷！
壁画中的花朵和群鸟
苦念着天边的云彩。

你叼着黑色的烟斗，
古怪的烟圈在上面打转。
我穿着瘦小的裙子，
为了显得更加妩媚。

小窗们永远被钉牢。
那有什么——雾凇还是雷雨？
你的眼睛闪烁着
猫咪一样的警觉。

哦，我的内心如此抑郁！
莫非在等待死亡的降临？

而此刻正在跳舞的女郎，

注定要下地狱。

1913 年 1 月 1 日

我驯服地沉迷于想象……

我驯服地沉迷于想象
灰色眼睛描绘的图景。
在特维尔的离群索居中
我痛苦地把您想起。

您在涅瓦河的左岸，
幸福地迷恋于纤纤玉指，
我出了名的同时代人，
一切如您所愿而发生，

您曾经命令我：够了，
走开，去杀死自己的爱情！
我日渐消沉，我失去意志，
而寂寞愈加浓烈地流进血液。

而倘若我死去，那谁来
为您书写我的诗篇，

谁能让那未出口的话

发出悦耳的声音?

1913 年 7 月,斯列普涅沃

真正的温柔不与任何事物……

真正的温柔不与任何事物
混淆，它寂静无声。
你徒然用皮衣细心地
围裹我的双肩和胸口。

你徒然以柔顺的话语
诉说初恋的情思，
我有多么熟悉你执拗
而贪婪的眼神！

1913 年 12 月，皇村

你我不再共用同一只杯子……

你我不再共用同一只杯子
饮水，或甜美的酒，
不再于清早接吻，
不再于黄昏远眺。
你呼吸日光，我呼吸月色，
但我们生活在同一份爱情中。

我身旁有我忠实温柔的朋友，
你身边是你快乐的女伴，
但我懂得你灰眼睛的惶恐，
你是我痛苦的源泉。
我们不再频繁匆促地幽会。
我们应该珍惜平静的时光。

只有你的声音在我的诗句里歌唱，
我的呼吸在你的诗行里浮动。
哦，仿佛那篝火，遗忘和恐惧

都不敢将它触碰……

但愿你知道，此刻我多么爱慕

你干枯的玫瑰一样的双唇！

1913 年秋

我只有微笑一个……

我只有微笑一个：
就这样，双唇微微翕动。
我为你将它珍藏——
因为这是爱的恩赐。

即便你无耻恶毒，即便
你处处留情，我也依然。
我的面前是金色的诵经台，
我的身旁是灰眼睛的新郎。

1913 年

被爱的女人总有那么多要求!

被爱的女人总有那么多要求!
失了爱的女人却一无所求。
我多么欣喜,如今,流水
在透明的冰下静静地隐没。

而我将要——上帝保佑!
踏上这晶莹易碎的冰层。
请你将我的信件珍藏,
好让后代将我们评判,

好让他们更清楚明白地
看到,你多么英明神武。
在你光辉灿烂的履历中,
难道能留下什么空白?

尘世的美酒太过甜美。
爱情的罗网密不透风。

但愿终有一天，孩子们
在课本上读到我的名字，

倘若得知这悲伤的故事，
就让他们调皮一笑……
既然无缘爱情和安宁，
就请赐我苦涩的荣耀。

1913 年

它漫无尽头……

给米·洛辛斯基①

它漫无尽头——这沉重的琥珀色的一日！
哦，忧伤是如此难言，等待是如此徒然！
而动物园里的小鹿再一次以清亮的叫声
诉说对北极光的遥想。
而我相信，世上存在清凉的雪花，
存在留给穷人和病人的蓝色洗礼盆，
还有伴随远处钟楼上的古老钟声
摇晃穿梭的小小雪橇。

1913 年

---

① 米·洛辛斯基（1886—1995），俄罗斯白银时代阿克梅派诗人、翻译家。

记忆的回响

给奥·阿·格列波娃—苏杰伊金娜^①

晚霞在天空流泻的时分，当你

失神地望着墙壁，你看到什么？

是海鸥掠过湛蓝的台布似的水面，

还是佛罗伦萨的花园？

是皇村一望无际的公园，

那里，不安曾阻断你脚下的路？

还是看到了那个跪在你膝下的人^②，

他为白色的死亡已摆脱你的俘获？

---

① 奥·阿·格列波娃—苏杰伊金娜（1885—1945），俄罗斯白银时代著名人物，话剧演员、歌唱家、舞蹈家、画家、雕刻家、朗诵家，俄罗斯最早的时装模特之一。阿赫玛托娃的好友，1924年后移居国外。

② 指狂热追求过苏杰伊金娜的青年诗人弗·克尼亚杰夫的自杀。

不，我只看到一面墙——墙上
跳动着天空渐渐熄灭的火焰。

1913 年 6 月 18 日，斯列普涅沃

我学会了简单、明智地生活……

我学会了简单、明智地生活，
学会了仰望天空，向上帝祈祷，
学会了在黄昏时分久久地游荡，
以平息内心徒劳的忧虑。

当峡谷里的牛蒡子随风低吟，
红黄成串的花楸果压低树枝，
我编织快乐的诗行，书写
易朽的，易朽而美好的生活。

我回到家。毛茸茸的小猫舔舐
我的手掌，更惹人怜爱地啼叫。
湖畔木材厂的塔楼上
燃起明亮夺目的灯火。

只是偶尔有鹳雀飞落房顶，
叫声划破周身的寂静。

而倘若你来敲叩我的门扉，

我感觉，我甚至不会听见。

1912 年

失　眠

哪里的几只母猫在喵喵悲鸣，
我捕捉那远处飘来的脚步声……
你的话像轻柔哼唱的摇篮曲：
令我两个多月不曾安睡。

你又一次、又一次与我同在，失眠！
我认得你平静呆滞的面孔。
为何，美人，为何，不法之徒？
莫非我献唱的歌曲太过糟糕？

窗户被白色的布幔遮罩，
幽暗的蔚蓝缓缓地流淌……
抑或远方的消息将我们抚慰？
与你一起我为何如此惬意？

1912 年冬，皇村

你可知道，我正为羁绊所苦……

你可知道，我正为羁绊所苦，
祈求上帝让死亡降临。
而特维尔省贫瘠荒凉的土地
仍勾起我刻骨的思念。

压水杆守在破败的古井前，
云朵浮游，像腾起的水沫。
田地里飘荡着木门的吱呀，
稻谷的香气和无尽的忧愁。

还有那辽阔迷蒙的旷野，
连风的气息都变得微弱，
还有那黝黑安闲的老妇
投来指指点点的目光。

1913 年秋

人们为穷困的，失意的……

人们为穷困的，失意的，
我仍在跳动的心灵祈祷。
而你总坚信脚下的路，
看见窝棚里闪现的光。

你令我感激也令我悲伤，
因此将来我会同你谈起，
炽热的夜晚曾如何将我灼烧，
清晨曾如何呼吸冰冷的空气。

此生我所见不多，
我一直在歌唱，在等待。
我知道：我不曾憎恨兄弟
也不曾背叛姐妹。

可上帝竟为何将我惩罚
日复一日，每时每刻？

也许这是天使向我指明

那道不为我们所见的光？

1912 年 5 月，佛罗伦萨

你给予我困苦的青春……

你给予我困苦的青春。
路上飘散那么多忧愁。
如何将我贫瘠的灵魂
献给富足的你?
命运乐于谄媚,吟唱
一曲赞颂荣誉的长歌。
上帝啊!我怠惰不堪,
我是你吝啬的奴隶。
在天父的花园里,我
不做玫瑰,也不做野草。
我因每一颗尘埃而战栗,
因傻瓜的每句话而战栗。

1912 年 12 月 19 日

1913 年 11 月 8 日

阳光在房间里撒满了
晶莹明澈的金色尘埃
我从梦里醒来，记起：
亲爱的，今天是你的节日。

于是，窗外白雪绵延的
无垠远方变得温暖
于是，难眠的我安睡得
像领受圣餐的信徒。

1913 年 11 月 8 日

我亲爱的，你来把我安慰……

我亲爱的，你来把我安慰，
柔情似水、暖如春阳的你……
我已无力从枕上欠起身子，
窗户被密密匝匝的栅栏封锁。

你以为眼前的我已失去生气，
你带来寒酸粗糙的细小花环。
温存的，爱打趣而忧伤的你，
仿佛用微笑将我的心刺伤。

此刻还有什么能让我煎熬！
如果你将为我停留片刻，
我愿祈求上帝把你宽恕，
也宽恕你爱的所有人。

1913 年 5 月，彼得堡

亲爱的，别把我的信揉成一团……

亲爱的，别把我的信揉成一团。
请把它读完，朋友，从头到尾。
我已厌倦做素不相识的陌生人，
厌倦做你人生路上的"别人"。

别那样看我，别恼怒地皱起愁眉，
我是你心爱的人，是你的人。
我不是牧羊女，不是公主，
也不是修女——

我身穿这灰色的日常衣裙，
拖着后跟磨损的破鞋……
但我的怀抱和往常一样炽热，
硕大的双眸盈满昔日的恐惧。

亲爱的，别把我的信揉成一团
别为那隐秘的谎言哭泣。

请把它放进你简陋的行囊

放在那最深的角落。

1912 年，皇村

忏　悔

那宽恕我罪孽的人已经沉默。
淡紫色薄暮将蜡烛渐渐熄灭。
法衣深黑色的长巾
盖住了头和双肩。

是那个声音吗："少女！请起身……"
心愈加急促而强烈地跳动。
一只漫不经心画着十字的手，
穿过布巾，将我触碰。

1911 年，皇村

桌前已是暮色苍茫……

桌前已是暮色苍茫，
纸上仍是无望的空白，
含羞草散发尼斯的气息和温暖，
月光下一只大鸟飞驰而过。

睡前我编织紧实的发辫，
仿佛明天需要将头发收束，
我望着窗外，不再悲伤，
望着大海，堤岸上的沙丘。

那连柔情都不再希求的人，
又有什么权力呢！
当他呼唤我的姓名，
我无法抬起疲惫的眼睑。

1913 年夏

客　人

一切仿佛从前：细碎的雪花
在狂风中击打着餐厅的窗户，
连我也不曾有新变化，
但有个人来到我面前。

我问："你想要什么？"
他说："和你一起下地狱。"
我笑了："啊，也许，你
在预言我们不幸的未来。"

而他抬起一只枯瘦的手，
轻轻地碰了碰那些花儿：
"告诉我，别人如何亲吻你，
告诉我，你又如何亲吻别人。"

他的双眼黯然无神，
木然凝视我手上的戒指。

他开朗而凶险的脸庞
未流露一丝惊慌的神色。

哦，我知道：他的乐趣——
紧张而热切地探寻，
那些他所不需要的，
那些我不会拒绝他的。

1914 年 1 月 1 日

我不祈求你的爱情……

我不祈求你的爱情。
它正藏在安全的角落。
请相信，我不会带着妒意
给你的未婚妻写信。
但请接受我明智的建议：
让她读一读我的诗，
让她收起我的肖像——
因为未婚夫总是百般殷勤！
而这些蠢女人更需要
完满体验胜利的快感，
胜过愉快倾谈的友谊
初见时温柔的记忆……
当你和心爱的女友
挥霍着幸福的金币
烦腻的心灵马上
对一切感到厌弃——
请不要走进我庄重的

夜晚。我并不了解你。

我又如何能帮助你?

我不会将幸福治愈。

1914 年

选译自《群飞的白鸟》（1917）

我们想：我们是乞丐，一无所有……

我们想：我们是乞丐，一无所有，
可如何一个接一个地失去了所有，
是什么把每一天变成
哀悼追忆的日子——
我们开始编织歌曲
歌唱上帝伟大的慷慨
歌唱我们往昔的丰饶。

1915 年

独居生活

那么多石头向我扔来，
我不再畏惧任何一块，
陷阱变成了森严的塔楼，
挺拔于高大的塔楼群。
我要感谢建造它的人，
愿他们的忧戚和哀愁随风消逝。
我在此一早眺望朝霞，也望着
最后一缕阳光在狂喜中告别。
来自北方的大海的风
常常穿过窗棂飞进我的房中，
鸽子在我的掌心啄食着麦粒……
而缪斯将以她黝黑的手，
在神圣的平静和轻盈中，
续写我未曾完成的篇章。

1914 年 6 月 6 日，斯列普涅沃

歌之歌

起初，她会燃烧起来，
像一丝冰冷的微风，
随后，她跌落心底
像一颗咸涩的眼泪。

接着，刻薄的心开始
怜悯什么。忧愁涌来。
而这隐隐的悲伤
心灵将不会遗忘。

我只管播种。收获自有
他人前来。那又如何！
哦上帝，请赐福
那欢跃的收割女之队！

而为了感激你
我敢于日臻完美，

请允许我呈献给世界

那比爱还不朽的事物。

1916年，斯列普涅沃

我声音疲弱，但意志并不衰颓……

我声音疲弱，但意志并不衰颓，
失去爱情我变得更加轻松。
天穹高旷，山风浮动，
我的念头明净无瑕。

看护我的失眠已去寻找别人，
我不再对着苍白的灰烬悲伤，
塔楼上钟表里的弯曲指针
我也不再当成致命的利箭。

往事如何也失去对心灵的掌控！
自由近了。我会宽恕一切，
我注视着阳光，看它沿着春日
丰润的常春藤攀爬，流转。

1912 年春

你多么沉重，爱情的记忆……

你多么沉重，爱情的记忆！
我在你的迷雾里歌唱、燃烧，
可在别人——这只是一团火，
用以温暖冰冷的心灵。

为了温暖那烦腻的躯体，
他们需要我无尽的眼泪……
上帝，莫非为此我才不停歌唱，
莫非为此我才不断投身爱情！

请让我饮下这杯毒酒，
让我从此失声无言，
请用遗忘的光辉，洗清
我那可耻的荣耀。

1914 年 7 月 18 日，斯列普涅沃

代替智慧的——经验，是一杯……

致瓦·谢·斯列兹涅夫斯卡娅①

代替智慧的——经验，是一杯

寡淡又不解渴的饮料。

可过往青春——像礼拜天的祈祷……

我又怎能将它遗忘？

我和我并不爱的人

走遍多少荒芜寥落的道路，

我为那曾爱我的人

多少次在教堂里叩拜祈福……

我变得比所有健忘的人更健忘，

岁月如静水深流。

那不被吻的嘴唇，不含笑的眼睛，

① 瓦·谢·斯列兹涅夫斯卡娅（1888—1964），阿赫玛托娃皇村时期的同学、一生的好友。

再也不会向我返还。

1914 年

缪斯沿着狭窄陡峭的……

缪斯沿着狭窄陡峭的
秋天的小路离开了，
她黝黑的双足上
溅满豆大的露珠。

我久久地祈求她
与我一同等待冬天，
她却说："这里是坟墓，
你如何还能喘息？"

我想送她一只鸽子，
鸽巢里最纯白无瑕的，
可鸟儿随即主动飞走
追随我苗条的女客。

我默默凝望她的背影，
我只爱她一人，

而一片霞光映照空中，

打开通向她国度的大门。

1915 年 12 月 15 日，皇村

我不再微笑……

我不再微笑，
寒风冰冻着双唇。
一个希望失去，
一首歌将诞生。
迎着讥笑和羞辱，
我不禁献出这首歌。
为此，心灵在爱的
沉默里痛苦难耐。

1915 年 4 月，皇村

人和人的亲密中存在隐秘的界线……

致尼·弗·涅①

人和人的亲密中存在隐秘的界线，
爱恋和激情也不能将它跨越——
即使嘴唇在可怕的寂静里相融，
即使心灵因为爱情支离破碎。

友谊在此孱弱无力，连同
由崇高而炽热的幸福织就的岁月，
当灵魂变得自由，不再
迷恋情欲那迟缓的慵懒。

那奔向它的人几近疯狂，那
抵达之人——溃陷于忧愁……
如今你该明白，为什么我的

---

① 尼·弗·涅多波洛瓦（1882—1919），俄罗斯诗人、批评家、文艺学家，其创作对阿赫玛托娃影响巨大。

心脏不在你的手掌下颤动。

1915 年 5 月，彼得堡

我们失去语言的清新和情感的纯真……

我们失去语言的清新和情感的纯真
那夺走它们的是否令画家失去视觉，
或者令演员——失去声音和动作，
也令明艳的女性——失去美貌？

但上天赏赐的这份礼物
请不要试图严密地收藏：
我们必然——我们自己也明白——
要把它们挥霍，而不是积聚。

请独自前行，请治愈失明的人们，
好在那沉重的迷惘时刻，辨认出
学生们幸灾乐祸的揶揄
和人群的冷漠。

1915 年 6 月 23 日，斯列普涅沃

回　答

致瓦·阿·科马洛夫斯基①

四月里宁静的日子

携来如此怪异的言语。

你知道，那炽烈可怕的一周

依旧在我的体内生长。

我不曾听到闪烁的叮当声，

它们浮游于清澈的蔚蓝天际。

七天里时而响起铜铃般的笑，

时而流淌着银白色的哭泣。

而我蒙住自己的脸庞，

仿佛面临永久的别离，

我躺下身来等待着它，

---

① 瓦·阿·科马洛夫斯基（1881—1914），俄罗斯白银时代诗人，其创作影响了阿赫玛托娃和曼德尔施塔姆。

那尚未被苦难命名的。

1914年春，皇村

1913 年 12 月 9 日

一年中最黑暗的日子
应当成为明亮的时光。
我找不到合适的比喻——
你的双唇如此温存。

只是不许你抬起双眼，
当你将我的生命珍藏。
它们灿烂过初绽的紫罗兰，
却毁灭般地将我刺痛。

我恍然明白，无需言语，
覆雪的树枝轻悄悄……
捕鸟的人已将罗网张开
在河岸上。

1913 年，皇村

你如何能凝望涅瓦河……

你如何能凝望涅瓦河，
你如何敢登上河桥？
自从在梦中与你相见
我不枉背负忧伤的荣名。
黑天使们的翅膀锐利，
最后的审判即将来临，
殷红色的篝火，
宛如玫瑰在冰雪中绽放。

1914 年

基 辅

古老的城市一片死寂，
我的到来显得怪异。
弗拉基米尔在自己的河上
举起黑色的十字架。

椴树和榆树飒飒作响
幽暗的身影笼罩花园，
星星闪耀如带刺的钻石
被送往上帝的怀中。

我将在此终结
我光荣的献祭之路，
而身边只有你，我的同类，
还有我的爱情。

1914 年夏

别　离

我的面前是一条
日暮下的倾斜的路。
恋人昨日还在哀求
"不要把我遗忘。"
此刻唯有阵阵清风
和牧人的声声呼唤，
那焦急不安的松柏
在清泉边暗暗摩挲。

1914 年春，彼得堡

海滨公园的小路渐渐变暗……

海滨公园的小路渐渐变暗，
路灯闪烁昏黄明净的微光。
我心如止水。只是
无需同我提起他来。
你可爱又可信，我们会成为朋友……
一起散步，亲吻，衰老……
轻盈的月亮在我们头上渐次飞旋，
宛如缀满雪花的星辰。

1914 年 3 月

上帝的天使在冬日的清晨……

上帝的天使在冬日的清晨
秘密为我们举行了订婚礼，
他不再将渐渐晦暗的视线
从我们无忧的生活里移开。

于是我们热爱着天空，
细密的空气，清新的风
和铁制栅栏后面
渐渐发黑的枝杈。

于是我们热爱这庄严，
多水而阴郁的城市，
热爱我们的一次次分离，
连同短暂的相逢的时刻。

1914 年冬

总有地方存在简单的生活······

总有地方存在简单的生活，
透明、温暖而喜悦的光······
傍晚，那里的小伙隔着篱笆
同邻家姑娘倾谈，只有蜜蜂
能捕捉那最轻柔的话语。

而我们生活得庄重而艰难
在苦涩的相逢里恪守礼仪，
一阵轻率的风突然掠过
会吹断方才开始的交谈——

但我们不与任何东西交换这
花岗岩的华丽的荣耀与苦难之城，
它宽阔河面上银光闪闪的浮冰，
它浓荫蔽日、幽暗阴郁的花园
连同依稀可闻的缪斯之音。

1915 年 6 月 23 日，斯列普涅沃

093

我很少把你想起……

我很少把你想起
也不迷恋你的命运，
可那微不足道的相逢
刻在心中抹不掉的印记。

我有意绕过你红色的房子
那浑浊河流上的红色房子，
但我知，我正激起苦涩的浪
在你落满阳光的平静生活里。

纵使那俯身贴向我双唇
祈求爱情的人不是你，
纵使那用金色的诗篇让
我的悲伤永生的人不是你——

我对未来施展秘密的魔法，
倘若黄昏天色蔚蓝，

我预感到第二次相逢,

预见那逃不开的重逢。

1913 年

我们不会告别……

我们不会告别——
不停地肩并肩徘徊，
天色已近黄昏，
你在沉思，而我无言。

我们会走进教堂，看见
人们祈祷，受洗，结婚，
我们会互不相望地走出来……
我们之间为何不是如此？

或许我们会坐在揉皱的雪地
在墓旁，发出轻轻的叹息，
你用木棍描画着宫殿，
我们将永远栖居那里。

1917 年

祈　祷

请赐我沉痛苦涩的岁月，
赐我窒息、失眠、热病，
请夺走我的小孩和朋友，
还有我神秘的歌唱天分——
经受那么多煎熬的时日
我跟随你的弥撒祷告，
祈愿黑暗的俄罗斯上空
阴云消散，荣光辉耀。

1915 年，圣灵降临节，彼得堡

多少次我曾诅咒……

多少次我曾诅咒
这天空，这大地，
这长满青苔的磨坊
沉重挥舞的双手！
而风车房里的死者
像三年前，头发灰白
僵直地躺在长凳上。
老鼠依旧啃噬着书本，
硬脂蜡烛的火焰依旧
向左晃动着身躯。
下诺夫哥罗德那讨厌的
铃铛吟唱着，吟唱着
一支简单的小调
吟唱我苦涩的欢愉。
西香莲尽染明亮的色彩
沿着银光闪闪的小径
刹那间直挺挺地绽放，

与蜗牛和艾蒿为伴。

一切这样发生：牢狱

已成为第二故乡，

而我在祈祷中也不敢

将第一故乡回忆。

1915 年 7 月，斯列普涅沃

傲慢使你的灵魂阴郁⋯⋯

傲慢使你的灵魂阴郁，
于是你无法识得光。
你说，我们的信仰——梦
幻影——我们的国都。

你说——我的国度罪孽深重，
我说——你的国度没有神明。
且让罪过由我们来背负——
一切皆可救赎，一切皆可修缮。

你的周身——有流水有鲜花。
为何还要敲响贫穷罪人的门？
我知道，你的痼疾就在于：
你寻求死亡，又惧怕结束。

1917 年 1 月 1 日，斯列普涅沃

记 1914 年 7 月 19 日

我们衰老了一个世纪，
而一切只在瞬间发生：
短暂的夏日已经结束，
新耕田野的尸体冒起浓烟。

寂静的道路顿时斑驳陆离，
哭声飞天，像银色的悲鸣……
我蒙住脸，祈求上帝
在第一场战斗前将我杀死。

如同多余的负重，歌声和
热情的踪迹从记忆中消散。
上帝命令空白的它成为一本
凶险的书，记录风暴的消息。

1916 年夏，斯列普涅沃

春天来临前常有这样的时日……

春天来临前常有这样的时日：
草地在厚实的积雪下休憩，
枯瘦的树木欢快地喧嚷，
暖风温柔而有力地吹拂。
而身体讶异于自己的轻盈，
你甚至辨认不出自己的家，
还激动地哼起早已厌倦的
旋律，像吟唱一支新的歌。

1915 年春，斯列普涅沃

那一年中的第五季……

那一年中的第五季，
请只将它歌颂。
请呼吸最后的自由，
——这爱情的源泉。
天穹高飞远扬，
万物的轮廓浅淡，
而身体已不再
为轮回的悲伤庆祝周年。

1913 年

梦

我知道，我正在你梦中，
于是我无法入睡。
昏暗的灯光渐渐变蓝
为我照亮一条路。

你看见了女皇花园，
奇特别致的白色宫殿
和篱墙上的黑色花纹
在回声隆隆的石廊旁。

你走着，你并不识路，
你想着："快呀，快，
哦，但愿能找到她，
遇见她之前不要醒来。"

而门卫守在红色大门前
把你喊住："去哪儿！"

冰层碎裂而嘎吱作响，
脚下淌着黑色的流水。

"这是一面湖，"你想，
"湖中会有小岛……"
而黑暗中骤然袭来
一缕蔚蓝色的微光。

寥落的白昼冷硬的光里
醒来的你呻吟嗟叹着
生平第一次高声
称呼着我的名字。

1915 年 3 月，皇村

白色房屋

阳光凄寒。阅兵式上
不断走来行军的队伍。
我喜欢这一月的正午，
我的不安也渐渐冲淡。

这里我记得每一根树枝
和每一个剪影。
深红色的光星星点点
透过雾凇的白网滴落。

这里房子几乎都是白色，
还有玻璃围起的门廊。
多少次我用死灰色的手
拉起叮当作响的门环。

多少次……玩闹吧，战士们，
而我将找到我的房屋，

我将识得它倾斜的房顶，
识得它永生的常春藤。

然而是谁将它移走，
带到了陌生的城市
抑或将通往它的路
从记忆中永远抽走……

远处的风笛渐渐消歇，
雪花飘舞，似樱桃花瓣……
看来，没有人知道，
白色的房屋已经消失。

1914 年夏，斯列普涅沃

我不知道你是生是死……

我不知道你是生是死——
大地之上能把你找到
抑或只能跟随傍晚的沉思
在澄澈的光中把逝者追悼。

一切皆因你：白日里的祈祷，
连同失眠时茫然无措的热情，
连同我诗篇里群飞的白鸟，
连同我双眼里蓝色的火焰。

无人曾深藏我心这般隐秘，
无人曾将我这般折磨，
就连那陷我于痛苦的人，
就连那将我爱抚又遗忘的人。

1915 年夏，斯列普涅沃

108

他没有辱骂我、赞美我……

他没有辱骂我、赞美我，
像朋友或者像敌人那样。
他只把灵魂留给了我
说：请把它珍藏。

可令我不安的是：
如果他现在要死去，
上帝的天使长会来
取走他的灵魂。

到时我如何藏好它，
如何向上帝隐瞒？
那般歌唱和哭泣的灵魂，
应该安放在他的天堂。

1915 年 7 月

我知道，你是我的奖赏……

我知道，你是我的奖赏
因着多年痛苦和劳作，
因着我从不曾醉心于
尘世的快乐，
因着我不曾对爱人
说一句"你真可爱"。
因着我原谅了一切，
你将成为我的天使。

1916 年

我想——这里永远……

我想——这里永远
不会再有人的声音，
唯有石器时代的风
敲击着黑色的大门。
我想，穹顶之下
唯有我得以幸存——
因为我第一个甘愿
饮尽那致命的毒酒。

1917年夏，斯列普涅沃

我生得不晚也不早……

我生得不晚也不早，
这是幸福圆满的时刻，
只是上帝并不允许
心灵毫无欺瞒地生活。

于是明净的正厅暗下来，
于是我的朋友们，
仿佛黄昏时忧伤的鸟儿，
歌唱着不曾存在的爱情。

1913 年

选译自《车前草》（1921）

如今你的心儿沉重苦闷……

如今你的心儿沉重苦闷，
你弃绝了一切荣誉和梦想，
而于我你无可救药的可爱，
越是忧郁，你便越发动人。

你喝着酒，你的夜晚晦暗污浊，
你不知道，何为真实何为梦境，
而痛苦的双眼闪烁着绿光——
你看来并未在酒中觅得平静。

心儿焦急地呼唤死亡，
咒骂着命运的迟缓。
西边的风越发经常地带来
你的责备和你的哀求。

可难道我敢回到你身边？
在故乡黯淡的天空下

我只能歌唱和回忆，

而你也不要再将我想起。

日子这样逝去，悲伤成倍生长。

我该如何为你祈求上帝？

你已看透：我的爱情即如此，

连你都无法将它毁灭。

1917 年 7 月 22 日，斯列普涅夫

一星期我不与任何人交谈……

一星期我不与任何人交谈，

久久呆坐在海边的岩石上，

碧波溅起的飞沫让我欢喜，

它们像我的泪水一样咸涩。

几度春冬逝去，不知为何

记忆里只有一个春日的光景。

黑夜渐暖，冰雪开始消融，

我走出家门仰望月亮，

见我独自在松林徘徊，

陌生的人轻声问我：

"是你吗，我四处寻找的人，

像心爱的妹妹，我从童年起

便为之欢喜为之忧愁的人？"

我回答："不是！"

仿佛天上的光芒将他照亮。

我伸出双手，

他送我神秘的宝石戒指，

保护我远离爱情。

他说我们必定会再度相逢

在拥有这四个标记的国度：

大海，圆形的海湾，高耸的灯塔，

而那最不可少的——艾蒿……

生命如何开始，让它如何结束。

我说，我明白：阿门！

每天都有这样的……

每天都有这样的
晦暗而不安的时刻。
闭上疲惫的双眼，
我同寂寞大声交谈。
它暗涌着，似鲜血，
似温热的呼吸，
似幸福的爱情，
理智而又凶险。

1917年

尘世的荣誉如烟……

尘世的荣誉如烟，
此非我所求。
我为我所有的爱人
带来了幸福。
一个现在还活着，
钟情于自己的女友，
一个成了青铜雕像
立在覆雪的广场。

1914 年冬

这次相会无人吟诵……

这次相会无人吟诵，
失去歌声悲伤渐渐平息。
清凉的夏日已经来临，
仿佛新的生活已经展开。

天穹恰似石砌的拱顶，
黄色的光芒将它刺伤，
关于它我急需那唯一的词，
甚于必不可少的面包。

你用点点露珠打湿青草，
请用消息唤醒我的灵魂——
不为激情，不为消遣，
只为尘世伟大的爱情。

1916 年 5 月 17 日，斯列普涅沃

这个时代为何比从前更加颓坏……

这个时代为何比从前更加颓坏？
莫非因为在悲伤和不安的浓雾里
它去轻触那最深重的溃疡，
却无法将它疗愈。

尘世的太阳仍在西方闪耀
城里的房顶在余晖里发光，
而白房子已在此用十字架瞄准
呼唤着乌鸦，而乌鸦飞驰而过。

1919 年冬

如今没有谁会聆听歌谣……

如今没有谁会聆听歌谣。
预言中的日子已经降临。
我最后的歌啊，世界不再美妙，
请不要撕裂我的心，不要出声。

不久前你还像自由的燕子
在黎明时分展翅飞行，
可如今你成了饥饿的女丐，
敲不应陌生人的大门。

1917 年

我听到声音。它安慰地呼唤着······

我听到声音。它安慰地呼唤着，
它说："到这里来，
抛弃你荒凉而罪恶的故乡，
永远离开俄罗斯。

我会洗净你手上的鲜血，
消释你心中黑色的耻辱，
我会用新的名声抚平
打击和屈辱的伤痛。"

可我冷漠而平静地
用双手堵住耳朵，
以免我哀痛的灵魂
被可耻的言语玷污。

1917年秋，彼得堡

选译自《耶稣纪元》（1921—1922）

彼得格勒，1919

我们永远忘记了，
囚禁于蛮荒国都的
湖泊、原野、城镇
和伟大祖国的黎明。
血色圆周里剧烈的
倦怠灌满了日与夜……
谁也不想帮助我们
因为我们留在家里，
因为我们热爱自己的城，
而非插上翅膀的自由，
我们为自己守护着
它的宫殿，灯火和流水。
异样的时刻正在来临，
死亡的风渐渐把心冷却，
而神圣的彼得之城
将成为我们受困的纪念碑。

我不会与那些抛弃故土……

我不会与那些抛弃故土
任由敌人践踏的人同行。
我厌恶他们粗鄙的谄媚，
我不会为他们献上歌曲。

而我永远怜悯流亡之人，
像怜悯囚徒，怜悯病人。
旅人啊，你的路途黑暗。
异乡的食粮味同苦艾。

而这里，烈火的浓雾中
我们将残余的青春埋葬，
面对任何一次打击
我们从未逃离。

我们知道，迟来的审判中
每个时辰终将证明无罪……

而世上无人比我们更无忧，

更骄傲，更纯洁。

1922 年 7 月，彼得堡

黑色的梦 （组诗六首）

1. 那口齿笨拙将我赞美的人……

那口齿笨拙将我赞美的人
还在舞台的边缘踱步。
逃离暗淡而浑浊的烟火
我们自然都为之欣喜。

而混乱言语中问题被点燃，
为何我没有成为爱之星辰，
在我们上方那残酷而苍白的
面孔因可耻的伤痛而变形。

请来爱我，想起我而哭泣！
流泪的人上帝面前不都平等吗？
我梦见，刽子手将我带走

踏上黎明前的蔚蓝色小径。

1913 年

2. 你总是神秘而新奇……

你总是神秘而新奇，
日复一日我愈加顺从，
可冷酷的朋友，你的爱
不啻铁与火的考验。

你不许我歌唱和微笑，
就连祈祷也早已禁止。
只要不与你分离，
一切都无所谓！

于是天地开始陌生，
我活着，不再歌唱，
仿佛你在地狱在天堂
都夺走我自由的灵魂。

1917 年 12 月

3. 身处你神秘莫测的爱情……

身处你神秘莫测的爱情，
像遭受疼痛，让我呼喊，
我形容枯槁，声嘶力竭，
拖着双腿艰难地行走。

请别再吹奏新的曲调，
别用歌曲欺骗人太久，
但请疯狂地撕扯、撕扯
我因肺痨而颤抖的胸房，

好让鲜血从喉咙里涌出
立刻飞溅到床上，
好让死亡永远从心灵里
抽出那可恶的迷醉。

1918 年 7 月

4. 冰块浮游，冷冷作响……

冰块浮游，冷冷作响，
天空一片无望的苍白。
啊，为什么你要惩罚我，
我并不清楚自己的罪过。

必要的话——杀了我吧，
但不要对我如此冷酷。
你不想和我生养孩子
也不喜欢我的诗歌。

那让一切依你：都好！
我会信守自己的誓言，
生命献给了你——而忧愁
我将随身带进坟墓。

1918 年 4 月

5. 扎恰季耶夫斯基第三巷^①

小小的街巷，小巷……
像用环扣勒紧咽喉。

从莫斯科河引来清新的风。
窗口摇曳星星点点的灯火。

左手边——是荒废的空地，
而右手边——是修道院。

而对面——高大的枫树
在夜晚聆听漫长的呻吟。

破败的路灯斜睨着眼光——
敲钟的人从钟楼上走来……

————————

① 扎恰季耶夫斯基第三巷，莫斯科市中心的一条街巷，最初因扎恰季耶夫斯基修道院得名。

愿我能找到那神像，

因为我的期限将至。

愿我能重新蒙上黑色的头巾，

愿我能再饮一口涅瓦河的水。

1940 年

6. 对你百依百顺？你疯了……

对你百依百顺？你疯了！
我只服从上帝的意志，
我不想要不安，不想要伤痛，
丈夫——刽子手，他的家——监狱。

可你看！我自行前来……
十二月降临，狂风在旷野呼啸，
被你奴役的生活如此明快，
而黑暗还在小窗外看守。

仿佛鸟儿在凛冬的阴雨天
用整个身躯撞击透明玻璃，
鲜血淋漓玷污白色的翅膀。

如今我内心充满宁静和幸福。
别了，安静的人，你永远在我心上，
因为你曾收留这飘零的旅人。

1921 年 8 月

他悄声说：我甚至不会……

他悄声说："我甚至不会
怜惜我所深爱的事物——
或者你全部属于我，
或者我把你毁灭。"
连日来这声音如牛虻
在我头顶嗡嗡作响。
你赋予你黑色的嫉妒
这最无聊乏味的理由。
痛苦使人煎熬——却未窒息，
自由的风儿吹干泪水，
而快乐，只消轻轻抚平，
便立刻流淌于穷困的心田。

1922 年 2 月

干脆大病一场，在高热的呓语中……

干脆大病一场，在高热的呓语中
同一切再度相逢，
在风日晴和的海滨公园
漫步于宽阔的林荫道。

此时就连逝者也同意降临，
流落他乡的人聚集在我家。
请你牵着小孩的手来吧，
我已久久将他惦念。

我要同心爱的人们品尝蓝色葡萄，
我要畅饮冰凉的美酒
凝望那银白色的瀑布倾泻在
乱石丛生的潮湿潭底。

1922 年春

月亮在湖对岸栖停……

月亮在湖对岸栖停
像一扇洞开的窗户
通往寂静、明亮的房间，
那里像有什么坏事发生。

是男主人的尸体被运回，
是女主人和情人逃跑了，
还是年少的女孩失踪了
小河湾里找到一只小鞋……

大地空茫。预感到恐怖的
灾难，我们顷刻喑哑。
雕枭追悼般地呼喊着，
窒闷的风在花园里嘶鸣。

1922 年

恐惧，在黑暗里翻检东西……

恐惧，在黑暗里翻检东西，
将月亮的光芒涂抹在斧头。
墙后传来可怕的敲击声——
谁在那里，老鼠、幽灵还是窃贼？

在窒闷的厨房里泼溅水花，
数点着颤颤巍巍的地板，
黑色的胡须反射着亮光
在阁楼的窗前一闪而过——

无声。他如此凶险而狡猾。
藏起了火柴，吹熄了蜡烛。
索性将已瞄准的一杆杆步枪
闪着寒光的枪口直抵我胸，

索性躺倒在绿色的广场里
尚未油漆的台架上

伴随着呻吟和快乐的呼喊
流尽最后一滴猩红的鲜血。

我将光滑的十字架贴在心上：
上帝，请将安宁归还给灵魂！
冰凉的床单散发腐烂的味道
一股令人晕眩的甜腻气息。

1921 年 8 月 27 － 28 日，皇村

你以为——我也是这样的女人……

你以为——我也是这样的女人，
轻易就被遗忘，
而后扑到红鬃马的蹄下，
百般哀求，悲伤恸哭。

或者请求女巫师们赐我
在施了魔法的水里泡着的树根
或者向你寄去怪异的礼物——
我所珍藏的清香撩人的围巾。

去死吧。我绝不会以呻吟和目光
触碰你那罪孽深重的心，
但我向你发誓，以天使的花园，
以神奇显灵的圣像，
以我们共度的炽热迷醉的夜晚，
发誓：永远不再回到你的身边。

1921 年 7 月，彼得堡

143

今天是斯摩棱斯克的命名日……

纪念亚历山大·勃洛克

今天是斯摩棱斯克的命名日，
蓝色的香雾在青草上飘浮，
祭祷的歌声缓缓地流淌
此刻它是明亮的，不再悲伤。
面色绯红的可爱寡妇们
把男孩和姑娘带到墓地
祭拜父亲们的亡灵，
而墓地——夜莺的小树林，
在阳光的辉耀下寂静无声。
我们抬着银白色的灵柩
向斯摩棱斯克的守护女神，
向最为圣洁的圣母马利亚，
献上我们在痛苦中熄灭的太阳——
亚历山大，纯洁的天鹅。

1921 年 8 月

你不可能活下来……

你不可能活下来，
不可能从雪地起身。
二十八处刺刀划痕，
五处子弹的创口。

我为朋友缝制了
一件沉痛的新衣。
俄罗斯的大地
喜好，喜好浸染鲜血。

1921 年 8 月 16 日

站在天堂白色的门前……

站在天堂白色的门前，
他回头喊："我等着！"
临终时分，他遗赠我
慈悲与贫穷。

当天空澄澈，
他扑棱着翅膀，
看我同向我乞讨的人
分享一片硬面包。

而当浮云在血海漂流，
像一场战斗刚刚结束，
他会听见我的祈祷，
和诉说爱情的密语。

1921 年 7 月

146

诽　谤

诽谤如影随形。

我听见它如藤蔓攀爬的脚步，在梦里

在无情的天空下死寂的城市里，

当我为面包和容身之地四处流浪。

它的反光在每个人的瞳孔里燃烧，

时而像背叛，时而像无辜的恐惧。

我不怕它。面对每一次新的挑衅

我总有恰当而严厉的回应。

但我预见那无法逃离的一天——

迎着曙光，朋友们来到我身边，

他们悲泣着惊扰我最甜美的梦，

将圣像放在我逐渐冷却的胸口。

诽谤进入时，无人知晓，

它贪馋的嘴巴在我的血液里

不知疲倦地数点尚未进行的欺侮，

把自己的声音织进葬礼的祈祷。

它可耻的呓语会被所有人听见，

使邻居不能抬起双眼看向邻居，

使我的肉体遗留在可怕的虚空，

使我的灵魂最后一次被尘世的无力

灼烧，飞散在拂晓的迷雾里，

被对遗弃的大地炽烈的悲悯灼烧。

1922 年 1 月 1（14）日

致大众

我——你们的声音，你们呼吸的热气，
我——你们面容的映像，
无益的翅膀拍打扇动也是徒劳，
而我总会与你们同行直到尽头。

这便是为何你们如此深切地喜爱
罪孽深重又疲弱多病的我；
这便是为何你们毫无保留地献出
自己最好的儿子给我；
这便是为何你们不曾向我开口
打探一句关于他的消息
而喷吐令人晕眩的赞美的烟雾
蔓延在我永远荒废虚空的房间。
人们说——不可能有更紧密的联合，
不可能有更无可救药的爱……

正如影子想要脱离身体，

正如肉体想要告别灵魂，

此刻我多么想——被人遗忘。

1922 年 9 月

选译自《芦苇》（1924—1940）

祈　求

从高耸的大门，
从呻吟的沼泽，
沿着杳无人迹的路，
踏过不曾割刈的草地，
穿过暗夜里的哨所，
伴随复活节的钟声，
这未被邀请的，
独身的人——
请来我这里吃晚餐。

1936 年 4 月 15 日

诗 人

（鲍里斯·帕斯捷尔纳克）

他把自己比作马的眼睛，

他斜睨，注视，洞察，识清，

冰雪凋残，水洼闪光

如同已经融化的钻石。

后院，站台，原木，树叶，

云，在淡紫色的迷雾里安息。

火车的汽笛，西瓜的开裂，

芬芳的羊皮手套里羞怯的手。

叮当，轰隆，锵锵，敲击如浪涌

又没入无声——这是说，他

蹑手蹑脚地掠过针叶树林，

不去惊扰空地那敏感的梦。

这是说，他在空虚的稻穗中

清点种子，是说，他又一次
从谁的葬礼回来，却又走向
可恶的达里亚尔^①黑色石板。

莫斯科的倦怠重新点燃，
死亡的铃铛在远方作响……
谁迷失在离家两步之遥，
那深雪及腰、万物消亡之处？

因为他将烟雾比作拉奥孔^②，
歌颂墓地上的飞廉，
因为他在诗行映照的新空间
让世界充满新的声音——

他被赋予永恒的童年，
闪耀着慷慨和锐利之光，
整个大地成为他的遗产，
而他与所有人一同分享。

1936 年 1 月 19 日

---

① 达里亚尔，位于今俄罗斯和格鲁吉亚边境上的一道险峻幽深的峡谷。
② 拉奥孔，特洛伊人，波塞冬和阿波罗的祭司。在特洛伊战争中因告诫特洛伊人勿将木马拖入城内，而遭到希腊保护神派出的巨蛇咬死。后世依照这个传说创作了许多绘画和雕塑作品，德国美学家莱辛也有一本著名的同名论著，阐述了诗与画的界限。

野生蜂蜜散发自由的气息……

野生蜂蜜散发自由的气息，

灰尘——阳光的味道，

少女之口——紫罗兰的芬芳，

而金子——无味。

木樨草有清水的甘冽，

爱情——苹果的香气。

但我们永远明白，

血只散发血腥的味道……

罗马执政官徒劳地

在平民恐怖的呐喊中

在众人面前清洗双手；

苏格兰女王徒劳地

在王宫窒闷的黑暗里

清洗瘦癯的手掌上

猩红的斑点……

1933 年

分 离（组诗三首）

1. 不是几周，不是几个月……

不是几周，不是几个月——
我们已经分开多年。而最终
唯有随真正自由而来的寒冷
连同鬓角上浮现的斑白花环。

再也没有不忠，没有背叛，
你也无需彻夜不眠，听我
为自己的绝对正确举证，
像流水滴答，不绝于耳。

1940 年

2. 正如往常在分离的时日……

正如往常在分离的时日，
初见的幻影来叩击门扉，
银色的柳树闯进房间
披着苍白而华美的枝条。

我们悸动，悲伤又傲慢，
不敢把目光从地上抬起，
鸟儿扬起欢快的歌喉，
诉说你我曾有多相爱。

1944 年 9 月 25 日

3. 最后的祝酒

我为破碎的家园，

为我不幸的生活，

为两个人的孤独

也为你，干杯——

为背叛我的双唇碰出的谎言，

为双眼里死寂的寒光，

为人世残酷而粗鄙，

为上帝也没能拯救。

1934 年 6 月 27 日

列宁格勒在 1941 年 3 月

日晷①挂在缅什科夫宫。

汽轮驶过，划开波浪。

哦，世上还有什么更令我熟悉

比起流光的塔尖和海水的波光！

街巷幽暗，像狭窄的缝隙。

麻雀纷纷在电线上停泊。

在已牢牢熟记的漫步里

咸腥之气——也算不上不幸。

1941 年

---

① 原文为法语（Cardan solaire）。

安魂曲

不，不是在异国的天空下，
不是在他人羽翼的保护下——
彼时我与我的人民同在，
在人民不幸而在的地方。

1961 年

代　序

　　在叶若夫迫害的恐怖年代，我在列宁格勒监狱的探视队伍里度过了17个月。一次，有人"认出"我来。当时，那位排在我身后的嘴唇发青的女人——她当然不曾听过我的名字，从我们惯有的呆滞和茫然中醒来，贴在我耳边问道（那里所有人只能用耳语交谈）：

　　"您能把这样的场景写下来吗?"

　　我回答：

　　"能。"

　　随后，恰似一抹微笑，掠过她那张曾毫无生气的脸。

1957 年 4 月 1 日，列宁格勒

献　词

这番苦难令群山折腰，

万里长河不再奔流，

但监狱的铁门依然紧锁，

里面是"苦役犯的洞穴"

蚀骨致命的悲楚在蔓延。

清风为何人吹拂，

夕阳给何人温柔——

我们不知，我们到哪都一样，

我们只听见可恶的钥匙窸窣

和士兵们沉重的脚步。

我们一早起身，像赶去晨祷，

行走在粗野荒凉的国都，

我们在此相遇，比死人更衰颓，

太阳垂落，涅瓦河上的雾渐浓，

而希望总在远方歌唱。

一声判决……泪水夺眶，

从此我便弃绝一切，

如同将生命从心头忍痛拔除，

如同被狂暴之人迎面击倒，

可走着……蹒跚着……一个人……

疯狂的两年岁月里我偶识的

失去自由的女友们如今安在?

西伯利亚的风雪中她们有何幻想?

月亮的光晕里她们有怎样的幻觉?

我向她们送去临别的问候。

1940 年 3 月

164

序　曲

事情发生时，只有死人
微笑，欢喜于安宁的降临。
列宁格勒拖着无用的蛇足，
围着监狱漫不经心地游荡。
一群群被判了罪的人上路，
痛苦已令他们错乱、疯狂，
蒸汽机车的汽笛
吟唱离别的短歌，
死亡的星辰高悬上空，
无辜的罗斯不住地痉挛
在一双双染血的靴子下
在黑色马露霞①的滚滚车轮下。

---

① 　黑色马露霞，运送犯人的囚车。

165

1. 破晓时分他们把你带走……

破晓时分他们把你带走，

我紧随身后，像是送殡，

孩子们在黑暗的房里哭泣，

烛火的微光围着神龛流淌。

你的唇上留有圣像的冰冷，

前额挂着死亡的汗珠……不能忘！

我会像旧时火枪手①的女人，

在克里姆林宫的塔楼下哀号。

1935 年秋，莫斯科

---

① 火枪手，伊凡四世于 16 世纪中期创建的专门保卫皇室的近卫军。1698 年，近卫军部队多次发动暴乱，彼得一世将他们在红场处死，他们的妻子在刑场上大哭。俄国著名画家苏里科夫（1848—1916）的作品《近卫军临刑的早晨》表现了近卫军和亲人们的诀别场面。

2. 静静的顿河静静地流……

静静的顿河静静地流，
昏黄的月光踏进屋楼。
它歪戴着帽子进来，
照见幽灵般的人影。
这个女人身染恶疾，
这个女人孑然一身。
夫进坟茔子又入狱，
请为我祈祷。

1938 年

3. 不，这不是我，是另一个人在受难……

不，这不是我，是另一个人在受难。
我力不能及，而至于已发生的，
就以黑色的幕布遮盖，
就让人把灯火移开……
夜。

1939 年

4. 应当让你——这爱嘲笑人的女人……

应当让你——这爱嘲笑人的女人，

这受所有朋友宠爱的女人，

这皇村里快乐的罪人，

让你看看你的遭际——

你将站在克列斯特①的高墙下，

带着探监的物品排在第三百名，

你将用自己滚烫的泪水

烧灼新年寒冷的坚冰。

监狱的杨树在那里摇晃，

悄无声息——而多少

无辜的生命正在那里逝去……

1938 年

———————————

① 克列斯特监狱，1893 年落成于彼得堡。1905—1907 年革命后，主要关押政治犯。
监狱由两座"十字"造型的建筑组成，故得名克列斯特（"十字"）。

5. 我呼喊了十七个月……

我呼喊了十七个月，

呼唤你回家，

我扑倒在刽子手的脚下，

你是我的儿子我的孽根。

一切彻底乱作一团，

如今我已无法分清

谁是野兽，谁是人，

处决还要等待多久。

唯有绮丽的鲜花，

手提香炉的声响，和

通往乌有的脚印。

一颗巨大的星星

直瞪向我的双眼

以迫近的死亡相恫吓。

1939 年

6. 一周又一周飞驰而过……

一周又一周飞驰而过，
发生了什么，我无法理解。
你还好吗，亲爱的儿子，
一个又一个白夜盯着监狱，
就像他们又一次以鹞鹰般
火烈的眼睛注视着，
谈论着你高高的十字架
谈论着死亡。

1939 年春

7. 判　决

磐石一样的判词滚落
压在我尚还喘息的胸上。
没关系，我已做好准备，
无论如何我都能承受。

今天我有许多事要做：
我必须连根拔除记忆，
我必须把心变作铁石，
我必须重新学会生活。

不然……夏日炽热的窸窣，
像盛大的节日降临窗前。
我早已预感到这
明亮的一天和空荡的房间。

1939 年 6 月 22 日，喷泉屋

8. 致死神

你迟早要来——何不现在?
我在等你——煎熬中度日。
我熄灭灯火为你打开房门
你是如此普通又如此奇异。
请随意选择你要的方式,
像有毒的炮弹突然袭击,
像老练的贼拎着重锤潜入,
或像伤寒掀起迷乱的旋涡。
或像你臆想出的一则童话
为人熟知到令人作呕——
让我见到蓝色的帽顶①和
房管员因恐惧而苍白的脸。
一切已无所谓。叶尼塞滚滚流淌,
北极星熠熠生辉。
心爱的双眸里蓝色的光芒

_____

① 蓝色的帽顶,指苏联警察的帽子。

173

渐渐遮蔽最后的惊惧。

1939 年 8 月 19 日，喷泉屋

9. 疯狂已展开羽翼……

疯狂已展开羽翼
覆盖心灵的一半疆域，
它浇灌火烈的酒
将人诱往阴暗的谷底。

我明白，我应该
把胜利让步给它，
当我听见自己的梦呓，
像是别人的胡言乱语。

它什么
也不许我带走
（不管我如何乞求他
不管我如何哀求、纠缠）：

无论是儿子可怕的眼神——
那已石化的滞重的痛苦，

还是暴风雨来袭的时日，

还是监狱里会面的时刻，

无论是手臂亲切的凉意，

还是椴树潮水般的身影，

还是远方微茫的声响——

那最终的慰藉。

1940 年 5 月 4 日，喷泉屋

10. 钉上十字架

别为我恸哭，母亲，

我正入棺。

（1）

天使齐声歌唱伟大的时刻，

苍穹在烈火中熔化。

他对父亲说："为何把我遗弃！"

对母亲说："哦，别为我恸哭……"

1938 年

（2）

玛格达琳娜①挣扎、恸哭，

心爱的门徒正化作僵石，

---

① 玛格达琳娜，耶稣的女追随者，一直以被耶稣拯救的形象出现在基督教的传说里，见证了耶稣被订十字架及他的复活。

而母亲默然伫立之处，

谁也不敢将目光投注。

1940 年，喷泉屋

尾　声

（1）

我明白了面容是如何憔悴，

恐惧是如何从眼睑下流露，

痛苦是如何在脸颊上烙印

粗硬的楔形文字的书页，

浅灰和深黑相间的鬈发

是如何转瞬间一片银白，

笑容在温顺的嘴角凋残，

惊惧在枯笑声中颤抖。

我也不止为我一个人祈祷，

而是为所有曾与我同在，

无论彻骨的严寒还是七月酷暑

守候在刺眼的红色高墙下的人。

（2）

追荐的时刻又已临近，

我看到、听到、感受到你们：

那勉强被拖向窗口的女人，
那无法踏上故土的女人，
那摇晃着美丽的头脑，说
"我来这里像回家"的女人。
我多么想呼唤每个人的姓名，
可名单已被夺走，无从知晓。
我为她们编织了宽大的布巾
用从她们那偷听的可怜诉说。
我会时时处处把她们怀念，
遭逢新的厄运也不会遗忘，
而倘若蒙住我不堪折磨的嘴，
那千万人呐喊呼号的出口，
那就让她们也将我怀缅
在我出殡下葬的前一天。
而倘若某天有人想为我
在这个国家竖立纪念碑，
我会同意这样的仪式，只是
有这样的条件——不要立在
我出生的大海之滨：
我与大海已断绝最后的联系，
不要立在皇村公园我秘爱的树墩旁，
那里悲恸的身影正把我寻觅，
要立在这里，我鹄立三百小时的地方
门闩不曾为我打开的地方。

再有，在死亡的安宁中我害怕
遗忘隆隆驶过的黑色马露霞，
遗忘砰然关闭的可恨的牢门
遗忘老妇受伤野兽般的哀号。
让消融的冰雪像泪水一样，
从静默的青铜眼帘下流淌，
让监狱的鸽子在远方咕鸣，
让船只在涅瓦河静静游弋。

1940 年 3 月 10 日前后，喷泉屋

选译自《第七本书》（1936—1964）

技艺的秘密（组诗九首）

1. 创 作

时常如此：某种倦意涌来；
耳边钟声滴答，永不消停；
远处雷声隆隆，渐渐平息。
我仿佛听到阵阵哀怨和呻吟
来自那些微妙而入迷的声音，
某个神秘的圆圈正在收缩，
而在细语和声响的深渊里
升起一个盖过一切的声音。
于是周围万籁俱寂……
可以听到青草在树林中生长，
有人背负行囊跋涉于大地……
而突然间隐约传来词语的声响
和轻盈的韵脚发出的信号铃声——

此时我开始领悟，

这只是口授的诗行

落在雪白的本子上。

1936 年 11 月 5 日

2. 颂诗的队列于我无益……

颂诗的队列于我无益，
哀歌的魅力于我无益。
在我，诗中一切应不合时宜
不同于置身人群。

你们何曾知晓，诗歌在尘埃里
生长，并不知道羞愧，
像那篱笆旁黄色的蒲公英，
像那牛蒡草和滨藜丛。

愤怒的呼喊，柏油的新鲜气息，
墙角秘密生出的霉菌……
诗歌已发出声响，热烈，柔情，
为我们带来快乐。

1940 年 1 月 21 日

3. 缪　斯

我如何与这重担一起生活，
人们还称其为缪斯，
说："你和她在草地上……"
说："神圣的呢喃……"
她会比热病更加凶狠地揪扯，
而后又一整年一声不响。

1960 年

4. 诗　人

你会想，这也是劳作——
一种漫不经心的生活：
从音乐中窃听点什么
再玩笑似的据为己有。

又，把别人欢快的谐谑曲
植入某段诗行，
发誓，可怜的心
在闪光的田地里呻吟。

而后又在树林里偷听，
在静默无言的松树旁，
当迷雾的烟幕
在四周缭绕。

我左右采撷，
甚至没有负罪感，

从狡诈的生活汲取少许，

从寂静的深夜汲取全部。

1959 年夏，科马罗沃

5. 读 者

不要一副可怜相
关键，不要掩藏。哦不！
诗人应彻底敞开自我，
才能让同时代人理解。

剧场的脚灯从脚下立起，
一切枯朽，空无，透明，
灰光灯那可耻的火焰
在他的前额烙下印记。

而每个读者都像秘密，
如埋藏在大地的宝藏，
即使是那最后的，偶遇的，
沉默一生的人。

那里有大自然按照意愿
对我们隐藏的一切。

那里有人在无助地哭泣
在某个特定的时分。

那里有多少晦暗的夜晚，
阴影，有多少清凉，
那里一双双陌生的眼睛
同我交谈到黎明，

我会因什么事被责备
也会因什么事被认同……
沉默的忏悔就这样流淌，
连同交谈中极乐的热潮。

我们的世纪在大地飞逝
被指定的圆圈是狭小的，
而他是坚定而永恒的——
诗人神秘莫测的朋友。

1959年夏，科马罗沃

6. 最后的诗

一首诗，像被人搅动的惊雷，
携带生命的气息侵入房间，
它欢笑着，喉咙颤动着，
一边打着转，一边拍着手掌。

另一首，诞生于寂静的深夜，
我不知它从何处悄然走来，
从空荡荡的镜子里向外看
低声而严厉地说些什么。

也有这样的：在明亮的白天，
仿佛差点儿没看见我，
它像山涧里的清泉，
在白色的纸上流淌。

啊还有：它神秘地掠过——
无声无色，无色无声，

琢磨着，变化着，蜿蜒着，
可总不能活着来到手中。

可这！……一滴滴吮着鲜血，
像青春时凶恶的姑娘——爱情，
随后，一句话没对我说，
又陷入沉默。

我未曾识过更残酷的灾难。
它走了，而痕迹还在
朝着最尽头的边缘蔓延，
可失去它……我正在死去。

1959 年 12 月 1 日，列宁格勒

7. 讽刺短诗

贝亚特丽采能像但丁一样创作，
或者，劳拉能赞美爱的激情吗？
我教会了女人讲话……
可上帝啊，如何让她们住口！

1958 年

8. 关于诗歌

致弗拉基米尔·纳尔布特[①]

这——失眠的残渣，

这——弯曲烛芯的残灰，

这——千百座白色钟楼

撞响的第一声晨钟……

这——切尔尼戈夫[②]月光下

温暖的窗台，

这——蜜蜂，这——草木樨，

这——尘埃，黑暗，炽热。

1940年4月，莫斯科

---

① 弗拉基米尔·纳尔布特（1888—1938），俄罗斯白银时代阿克梅派诗人、文学批评家，曾参加"诗人车间"，1936年因参与反苏宣传而被捕，1938年4月被枪决。

② 切尔尼戈夫，今乌克兰北部城市，切尔尼戈夫州首府，位于第聂伯河中游左岸支流杰斯纳河畔。

9. 还有许多事物，或许……

还有许多事物，或许，
期待我的声音去歌颂：
那沉默不语的，砰然激荡，
或在黑暗里洞穿地下岩石，
或者奋力挣扎，刺破迷雾。
我与火焰、风、水……
有一笔无法理清的账。
或许因此，我的瞌睡
突然向我敞开大门
带我去找那颗晨星。

1942 年，塔什干

战争的风（组诗十七首）

1. 誓　言

此刻正与爱人告别的姑娘——
愿她将痛苦化为力量。
我们向孩子起誓，向坟墓起誓，
谁也无法让我们屈服！

1941 年 7 月，列宁格勒

2. 他们和姑娘们郑重告别……

他们和姑娘们郑重告别，

在行进中吻别母亲，

他们把自己装扮一新，

去扮演一个个小兵。

不分坏的，好的，中等的……

他们各就各位，

不分头排的，末尾的……

所有人长眠于斯。

1943 年

3. 列宁格勒的第一颗远射程炮弹

在声色杂乱的人流中，
一切突然变了样。
但这不是城市的，
也不是乡村的声音，
是的，它兄弟般
似远方雷声轰鸣，
但雷鸣中浸润着
高空云团清新的湿气
涌动着草场的热望——
喜雨将至的讯息。
可它干枯如地狱之火，
张皇的听觉也不愿
相信——因为，
它不断膨胀，生长，
漠然地将死亡
带给我的小孩。

1941 年 9 月

200

4. 死亡之鸟当空伫立……

死亡之鸟当空伫立。
谁来拯救列宁格勒?

别在四周吵嚷——他在呼吸,
他还活着,什么都能听见:

他听见波罗的海潮湿的海底
子孙们在梦里不住地呻吟,

他听见"我要面包"的哀号
从他的心底飞往七重云天……

可苍天无情,
死神从所有的窗口窥伺。

1941 年 9 月 28 日,飞机上

5. 勇　气

我们知道，这是千钧一发的时刻
我们也知道，眼前正发生什么。
英勇的时刻敲响我们的时钟
勇气不再把我们遗弃。

不畏于在死亡的子弹下丧生，
不哀于四海飘零，流离失所——
我们会把你珍存，俄语，
伟大的俄罗斯语言。

我们将保全你自由、纯洁，
将传授子孙，将使你摆脱奴役
永远！

1942 年 2 月 23 日，塔什干

6-7. 纪念瓦利亚①

（1）

花园里掘出沟壕，
灯火没有燃亮。
彼得堡的孤儿们，
我心爱的孩子！

土地下快要窒息，
疼痛楔入鬓角，
狂轰滥炸中传来
孩童的啼哭。

（2）

小拳头来敲吧——我会开门。
我总会为你敞开家门。

---

① 此诗为悼念在敌军轰炸中身亡的男孩瓦列里·斯米尔诺夫而作，他是阿赫玛托娃在喷泉屋的邻居。

如今我们相隔崇山，

荒野，相隔狂风和酷暑，

但我永远不会背叛你……

我没有听到你的呻吟，

你没来向我求取面包。

请为我送来缀满枫叶的枝丫

或者只是一簇碧绿的青草，

像去年春天你采来的那样。

请为我去我们的涅瓦河

捧一掬冰冷清冽的河水，

我会把所有血色的痕迹

从你金发的脑袋上洗掉。

1942 年 4 月 23 日，塔什干

8. 诺克斯①

夏园里的雕像《夜神》

夜之女神!

你身披星河,

缀满哀悼的罂粟,伴着不眠的猫头鹰……

亲爱的女儿!

我们用公园新鲜的泥土

把你深深掩埋。

此刻,狄奥尼索斯的酒杯空空,

爱的目光泪水泠泠……

你那可怕的姐妹们

盘桓在我们的城市上空。

1942 年 5 月 30 日,塔什干

---

① 诺克斯,罗马神话的司夜女神。(二战期间,列宁格勒市民为保护花园和街道的雕像,将它们都埋了起来。)

9. 致胜利者们

身后是纳尔瓦大门①，

面前只有死亡……

苏联步兵前进着

勇敢冲向"贝莎"② 的黄炮口。

你们将会载入史册：

"为同胞献出生命"，

你们只是天真的男孩——

凡卡，瓦夏，阿廖沙，格里沙——

是孙子，是兄弟，是儿子！

1944 年 2 月 29 日，塔什干

---

① 纳尔瓦大门又被称为凯旋门，是为纪念 1814 年俄罗斯军队战胜拿破仑军队的纪念碑之一，坐落于圣彼得堡西南区的斯达切克广场。

② 远射程火炮（取自德国女人名贝莎［Bertha］）。

10. IN MEMORIAM①

啊你们，我最后一批应征入伍的朋友！

为在悲泣中哀悼你们，我的性命得以保全。

对你们的追忆不会像易冷的哭泣的垂柳，

我要向全世界呼喊你们所有人的名字！

可名字又算什么！

反正都一样——你们与我们同在！

所有人都跪下，所有人！

深红色的光芒喷涌而出！

而列宁格勒人重集队伍，穿越硝烟迷雾——

生者与死者同在：荣誉面前，没有死者。

1942 年 8 月，久尔缅

---

① 拉丁语，纪念，追思。

11. 右边是荒野苍茫……

右边是荒野苍茫
一道古老如宇宙的霞光。

左边是绞刑架似的路灯。
一，二，三……

寒鸦的哀号刺破天空
死灰色的月亮
徒然露出面孔。

这——并非那种生活，并非那种，
这——当黄金时代将至，

这——当战斗将要结束，
这——当我将与你相遇。

1944 年 4 月 29 日，塔什干

12-16. 胜　利

（1）

光荣的事业光荣开启

在可怕的轰鸣中，在漫天的霜雪中，

在大地那圣洁的身躯

遭受敌人玷污，饱受磨难的地方。

故乡的白桦林向我们

伸出枝丫，等待着，呼唤着

强健的严寒老人同我们

成密集队形，昂首前行。

1942 年 1 月

（2）

防波堤上燃亮第一座灯塔，

为余下的灯塔吹响前奏——

水手流下眼泪，脱下帽子，

他曾在死亡之海漂流

跟随死神，也迎着死神。

（3）

胜利在我们的门外伫立……
如何迎接我们渴念的客人？
让女人们高高举起孩子，
那千万次从死神手中救出的——
我们将如此回应渴盼已久的人。

1942—1945 年

（4）1944 年 1 月 27 日

在这不见星光的一月的夜晚，
自死亡深渊归来的列宁格勒，
讶异于前所未有的遭遇，
为自己鸣炮致敬。

（5）被解放的

清新的风吹拂着云杉，
纯洁的雪覆盖着原野。
再也听不见敌人的脚步，
我的大地在休憩。

1945 年 2 月

17. 追忆友人

胜利日惠风和畅、雾色迷蒙，
当朝霞红艳，宛如一道火光，
迟来的春天像一个寡妇
在无名的墓前开始奔忙。
她跪在地上，不急于起身，
她呵护着幼芽，摩挲着青草，
轻轻搀扶着肩上的蝴蝶着陆，
吹开第一朵蒲公英蓬松的伞。

1945 年 11 月 8 日

死 亡（二首）

1

我像是在某物的边沿，
它没有确切的名称……
纠缠不休的瞌睡，
对自我的逃离……

2

而我已站在通往某物的要道，
万物终将遭际，而代价不同……
这艘船上有我的客舱
风吹动船帆——沉重的时刻将至，
我将告别我的故国故土。

1942 年，久尔缅

当月亮像一块查尔如伊①的香瓜……

当月亮像一块查尔如伊的香瓜

卧于窗子边沿，周围闷不透风，

当房门紧闭，浅蓝色藤萝缀在

轻盈的枝头，对房间施展魔法，

陶土杯里盛着冰凉的水，

毛巾镶嵌着雪花，蜡烛燃亮

像童年时，召集成群的飞蛾，

寂静轰鸣，听不见我的话语——

在伦勃朗式的黑暗角落，

有东西旋即升起又隐没其中，

但我不会颤抖，不会害怕。

孤独在此将我捉进罗网。

主人的黑猫看我，如世纪之眼，

而镜中的另一个我也不想帮我。

---

① 查尔如伊，今土库曼纳巴德，土库曼斯坦东部城市。

我将甜蜜地入睡。晚安，夜。

1944 年 3 月 28 日，塔什干

塔什干花开（二首）

1

仿佛一声令下，
瞬间满城通亮——
犹如白色幽灵
轻轻飞入每家庭院。
它们呼吸比言语明晰，
它们的相似之物注定
向湛蓝色苍穹的
沟渠底部滑落。

2

我将铭记星星连缀的穹顶
在永恒的荣耀之光中，
铭记黑发母亲
年轻的臂弯里
幼小的孩童。

1944 年

乔　迁（组诗四首）

1. 女主人

致叶·谢·布尔加科娃[①]

在我之前这间房里

住着一个女巫：

在新月的前夜

她的影子依然可见，

她的影子依然立在

高高的门槛，

她躲闪的目光

将我严厉地打量。

我自己并不会

---

① 叶·谢·布尔加科娃（1893—1970），俄罗斯著名作家、剧作家米·阿·布尔加科夫（1891—1940）的第三任妻子。

臣服于他人的魔力，

我一个人……但，虽如此，

我不会白白泄露我的隐秘。

1943 年 8 月 5 日，塔什干

2. 客　人

"……你醉了，

可还是该回家了……"

衰老的唐璜

和重焕青春的浮士德

在我的门前相遇——

自小酒馆来，自约会而来！

或许，这只是树枝

在黑色的风中摇摆，

像灌满毒汁的光

施展绿色的魔法，可还是——

像两个令我熟悉

到厌恶的人？

1943 年 11 月 11 日

3. 背　叛

不是因为，镜子已破碎，

不是因为，风在烟囱里哀号，

不是因为，有关你的思绪里

渗入了别的什么——

不是因为，绝不是因为

我在门口遇到了他。

1944年2月27日

4. 相　逢

仿佛一支沉重的歌谣
轻快的副歌——
他战胜了离别，
　　走在摇晃的阶梯上。
不是我向他，是他向我而来——
鸽群停在窗前……
常春藤在院落蔓延，你身披雨衣
　　如我所言。
不是他向我，是我向他而去——
　　到黑暗中，
　　　　到黑暗中，
　　　　　　到黑暗中。

1943 年 10 月 16 日，塔什干

两周年

不，我没有把它们哭出来。
它们已在体内凝固。
一切在眼前掠过
它们早已不在，不会再来。

它们不在，屈辱和离别的
痛苦将我折磨，令我窒息。
它们那焚毁一切的盐渗入
血液——让人清醒又煎熬。

但我似乎看到：四四年，
也许是六月的第一天，
你苦难深重的身影
闪现于磨损的绸缎。

巨大的灾难，不久前的风暴，
它们的印记显现于周遭一切——

穿过残存的泪滴化作的虹

我看见自己的城市。

1946 年 5 月 31 日，列宁格勒

最后的回归

我只有一条路：

从窗棂到门栏。

歌

日复一日——一切

皆如

过往——而孤独

已穿透一切，浮现出来。

它沾染些许烟草的味道

老鼠的味道，敞开箱子的味道，

笼罩着有毒的

轻烟……

1944 年 7 月 25 日，列宁格勒

不要拿残酷的命运恐吓我……

不要拿残酷的命运恐吓我

不要拿北方无垠的寂寥恐吓我。

今天是我们的第一个节日,

这个节日叫——别离。

我们不会等来黎明,月亮不会

在我们上空漫游,这不算什么,

今天我要送你

世上从未有过的礼物:

是傍晚小溪难眠的时分

我映在水里的倒影,

是没能帮助陨落的星星

重返天际的那道目光,

是曾几何时夏日般清新

而今已疲惫不堪的回声——

好让你不在惊颤中听到

莫斯科郊外群鸦的流言,

好让十月天里的潮湿

比五月的狂喜还要美满……

请把我想起，我的天使，

把我想起，哪怕只在初雪前。

1959 年 10 月 15 日，雅罗斯拉夫公路

献给逝者的花环（组诗十二首）

1. 老　师

纪念伊纳肯季·安年斯基

我认作老师的那个人，

影子一样逝去，影子也没留下，

吸光所有毒汁，饮尽所有昏聩，

期待荣耀，却没等来荣耀，

他是一种预兆，一种暗示，

怜悯所有人，撩起所有人的苦闷——

自己窒息而死……

1945 年

2. 我从深渊呼喊……我这代人……

我从深渊呼喊……①我这代人
很少尝到蜂蜜。而
只有风在远方呼啸，
只有对死者的记忆在歌唱。
我们的事业尚未完成，
我们的时日已经算尽，
距离渴望的分水岭，
距离盛大的春日之巅，
距离狂热的绽放
只还有一次呼吸……
我这代人，两场战争
将你凶险的路途照亮。

1944 年，塔什干

---

① 原文为拉丁文（De profundis…）。

3. 纪念米·阿·布尔加科夫

这便是我给你的，代替墓前玫瑰，

代替手提香炉的香火；

你如此庄严而艰难地活过，

至死守持高贵决绝的鄙夷。

你喝酒，像可有可无的人说笑，

在密不透风的围墙里窒息，

你让可怕的客人进门

并留下来同她独处。

没有了你，四周万物

为悲苦而崇高的生命静默，

唯有我的声音，像支长笛，

在你无声的安葬式上响起。

哦，谁敢相信，我这疯狂的女人，

我，为逝去日子哭灵的女人，

我，微火上徐徐燃烧的女人，

失去一切、遗忘所有的女人——

有朝一日会记起，这充满力量，

充满崇高思想和刚强意志的人，

仿佛你昨日还在与我交谈，

强忍着临终前痛苦的颤抖。

1940年，喷泉屋

4. 纪念鲍里斯·皮利尼亚克

这一切唯有你一人能识破……
当难眠的黑暗在四周沸腾，
那向阳的，那铃兰花海
穿破漆黑的十二月的夜。
我沿着小径走向你。
你的笑声无忧无虑。
而针叶林和池塘里的芦苇
报以某种怪异的回声……
哦，倘若我因此惊醒逝者，
请原谅，我已别无选择：
我为你悲伤，像痛惜亲人
我妒忌每一个在哭泣的人，
在这沉重时刻能为那长眠
峡谷深处的人哭泣的人……
可是我的泪水早已熬尽，
竟未流到双目濡湿它们。

1938 年

5. 我向它们俯身，仿佛对着圣杯……

致奥西普·曼德尔施塔姆

我向它们俯身，仿佛对着圣杯，
它们身上有数不清的珍贵标记——
我们血染的青春
柔弱的黑色讯息。

同样的空气，某个深夜
我也曾在深渊之上呼吸，
在那空旷而坚硬的夜里，
呼叫和呐喊都是徒劳。

哦，石竹花的气息多么馥郁，
曾几何时它在我梦中浮现——

这是欧律狄刻①在徘徊，
公牛驮着欧罗巴②踏浪。

这是我们的影子飞过
涅瓦河，涅瓦河，涅瓦河，
这是涅瓦河水拍打石阶，
这是你通往不朽的证件。

这是打开房间的钥匙，
如今已无人提及……
这是客居在冥间草地上的
神秘的七弦琴演奏的旋律。

1957 年

---

① 欧律狄刻，希腊神话中俄耳甫斯的妻子。欧律狄刻被毒蛇咬死后，俄耳甫斯痛不
欲生，带着竖琴来到冥府解救妻子。他用歌声感动了冥王，冥王答应释放欧律狄刻，但要
求俄耳甫斯在返回的路上不能回头看她。俄耳甫斯忍不住对妻子的思念，回头看了她一
眼，最终又一次失去了她。
② 欧罗巴，希腊神话中的腓尼基公主。宙斯为她的美貌打动，但害怕妻子赫拉发
现，于是变成一头公牛，将她带往另一片大陆，后来这个大陆取名为欧罗巴。

6. 迟到的答复

致玛·伊·茨维塔耶娃

我纤纤玉手的姑娘，我的女巫师……

——玛·伊·茨维塔耶娃

隐形人，双生子，模仿鸟，

为何你藏身漆黑的灌木丛，

时而躲在多孔的椋鸟巢，

时而掠过死亡的十字架，

时而自玛琳金娜塔楼①呼喊：

"今天我回到故乡。

请看，故乡的田地，

我究竟经历了什么。

漩涡将亲爱的人吞没，

父母的房屋皆被摧毁。"

玛琳娜，今日你我

走在午夜的国都，

---

① 玛琳金娜塔楼，建于 1525—1531 年，位于俄罗斯莫斯科州古城科洛姆纳。

233

而身后是千百万这样的人，

没有一种前行比这更寂寥，

而四周是送葬的钟声

掩盖我们足迹的暴风雪

在莫斯科蛮荒的呻吟。

1940 年 3 月 16 日，喷泉屋

7. 致帕斯捷尔纳克

（1）

秋天有如帖木儿再次来袭，

阿尔巴特街上万籁俱寂。

迷雾笼罩的小车站身后

无法通行的小路黑洞洞。

正是它，最后的秋！狂暴

渐渐平息。世界哑然无声……

福音派教徒苍劲的老年

客西马尼园①悲怆的叹息。

1957 年

（2）

回声将如飞鸟般应答我。

————————————

① 客西马尼园，耶路撒冷的一个果园，耶稣在上十字架的前夜，在最后的晚餐后和门徒前往此处祷告。根据《圣经·路加福音》记载，耶稣在客西马尼园极其忧伤，"汗珠如大血点滴落在地上"。客西马尼园也是耶稣被门徒犹大出卖的地方。此外，东正教传统上认为，客西马尼园是使徒安葬圣母马利亚的地方。

那独一无二的声音在昨日沉寂，

那与树丛交谈的人离开了我们。

他已经化作那孕育生命的稻穗

或是他歌颂过的最细密的雨丝。

这世上存在的所有鲜花，

为迎接这样的死亡绽放。

而寂静突然降临这行星

它有着朴素的名字……地球。

1960年6月1日

（3）

如盲眼俄狄浦斯的女儿，

缪斯将先知带向死神，

只有一棵发疯的椴树

在这哀痛的五月开花

在窗子对面，窗前他曾

向我诉说，在他的面前

蜿蜒着一条金色的飞升的路，

上帝的意志在那里将他守护。

1960年6月11日，莫斯科鲍特金医院

8. 我们四个人

科马罗沃速写

难道灵动善变的茨冈人
注定遭遇但丁的所有苦痛。
——奥·曼德尔施塔姆

我看见您的面容和目光如许。
——鲍·帕斯捷尔纳克

哦，哀泣的缪斯。
——玛·茨维塔耶娃

……我在此放弃一切，
放弃尘世的所有幸福。
树林里倒落的枝杈纵横的树干
成为"此地"的灵魂和守护。

我们都是生命的短暂过客，

生活——不过是一种习惯。
我仿佛听到两个声音
在空中之路呼应交汇。

两个？还有东面的墙边，
在茁壮的马林果树丛中，
有根鲜嫩的深色接骨木树枝……
这——来自玛琳娜的信。

1961 年

9. 纪念米·米·左琴科

我仿佛听到了远处的呼唤，
可周围悄无声息，没有人影。
你们把他的躯体安放在
这片漆黑的慈悲的土地。
无论花岗岩还是哭泣的垂柳
都不能护佑他轻盈的遗骸，
只有海上的风从港湾飘来，
为他恸哭哀悼⋯⋯

1958年，科马罗沃

10. 纪念安塔

但愿这已来自另一个循环……
我看到明亮的双眸闪烁着微笑，
一句"她死了"，悲切地贴近
那亲切的爱称，仿佛我第一次
听到它。

1960 年

11. 纪念尼·普宁①

那颗心已不再回应

我的呼唤，无论悲喜。

都结束了……我的歌声

飞往没有你的虚空的夜。

1953 年

---

① 尼古拉·普宁（1888—1953），俄罗斯文艺史学家、批评家。1923—1938 年与阿赫玛托娃同居。1953 年死于劳改营。

12. 皇村断章

秋日的空气吹拂着
宛如戏剧的第五幕，
公园里的每座花坛
都像是崭新的坟墓。
简洁的安葬式结束，
再也没什么要做。
我为何在此停留，
好似奇迹很快发生？
虚弱的手久久地
将沉重的船只
搁浅在码头，同
留在岸陆的人告别。

1944 年？

如果这世上所有向我……

如果这世上所有向我
请求精神帮助的人，
所有发癫的人和所有哑巴，
被抛弃的妻子和残疾人，
苦役犯和自杀的人
每人为我送来一个戈比——
我将比所有的埃及人都富有，
就像死去的库兹明常说的。
但他们并没有送来戈比，
而是把自己的力量同我分享，
我便成为世上最强有力的人，
于是，这对我来讲并不困难。

1961 年

故　土

而世上无人比我们更无忧，

更骄傲，更纯洁。

1922 年

我们不把它珍藏于锦囊戴在胸前，

也不曾为它书写放声恸哭的诗篇，

它没有触发我们苦涩的梦，

也不像喜乐中的应许之地，

我们不曾在心里把它

当成可以买卖的物品，

我们在它上面患病，受难，沉默，

甚至不会把它想起。

是的，对我们而言这是套鞋上的泥土，

是的，对我们而言这是齿间的咯吱声，

于是我们把它研磨，糅和，又碾成粉末，

那不与任何东西混杂、孑然一身的尘埃。

而我们会躺身其中，融入它的生命，

因而自由地呼唤它——自己的土地。

1961 年，列宁格勒港湾医院

最后的玫瑰

您将以斜体书写我们。

——约·布罗茨基

我要与莫罗佐娃①一同跪拜，

与希律的继女②一同起舞，

随轻烟一同飞离狄多③的篝火，

再与圣女贞德④一同投身火海。

---

① 费·莫罗佐娃（1632—1675），俄国宫廷贵族，旧教派（分离派）活动家，大祭司阿瓦库姆的战友。因反对沙皇阿列克塞·米哈伊洛维奇·罗曼诺夫和牧首尼康推行的宗教改革而被剥夺名号和财产，流放至远离莫斯科的修道院监狱，后饥寒交迫而死。被旧教派追认为圣徒。俄国著名画家苏里科夫的作品《女贵族莫罗佐娃》表现了她被流放时的情形。

② 希律的继女，即《圣经》中的莎乐美。犹太国王希律·安提帕（前21—39）同前妻离婚，与异母兄腓力之妻希罗底结婚，遭到先知约翰反对。希律·安提帕生日时，希罗底的女儿莎乐美在众人面前跳舞，希律欢喜而起誓满足她所有愿望。莎乐美受母亲希罗底唆使，要求继父希律·安提帕割下约翰首级。

③ 狄多，北非迦太基王国建国者。特洛伊王子埃涅阿斯为寻找新的家园曾率领舰队到达迦太基，女王狄多深深爱上埃涅阿斯并请求他留下来。两人的爱情遭到众神反对，埃涅阿斯离开迦太基，狄多伤心自焚。

④ 圣女贞德（1412—1431），法国军事家、民族英雄，天主教圣人。在英法百年战争（1337—1453）中她带领法国军队对抗英军入侵，后由于法国封建主的背叛而被俘，被英国控制下的宗教裁判所以异端和女巫罪判处火刑。500多年后被梵蒂冈封圣。

上帝！你可看见，我已倦于
复活，倦于死亡和生存。
请把一切带走，但这鲜红玫瑰
请让我再次品味它的清香。

1962 年 8 月 9 日，科马罗沃

虽不是故乡的土地……

虽不是故乡的土地，
却令我魂牵梦绕，
海水温凉清冽
不带咸涩。

海底的细沙洁白如粉，
酣醉的空气宛如新酒，
松树的曼妙身躯
在夕阳的余晖中裸露。

落日在天边的浪里飘浮，
它让我沉醉，分不清
这是白昼的尽头，世界的尽头，
还是秘密的秘密又在心中升起。

1964 年

而我去往一无所求的地方……

而我去往一无所求的地方
那里最心爱的伴侣——唯有影子，
那里风从僻静的花园吹来，
而脚下是坟墓的台阶。

1964 年

阿赫玛托娃：穿越绝境（译后记）

一

1965年，安娜·阿赫玛托娃（1889—1966）在千余字的《简略的自述》中轻描淡写般回顾了自己的一生，其语言之简洁、语调之平缓、履历似的疏离，仿佛在请读者尽量去忽视她漫长的生涯和跌宕的经历；仿佛她坎坷的命运，她遭受的磨难，都是寻常。

出身敖德萨名门世家，在贵族庄园皇村度过青少年时期，二十岁出头组建阿克梅主义诗派，与诗人古米廖夫成家生子，因发表诗集《黄昏》和《念珠》而在文坛声名鹊起。随后遭逢接连不断的转折和动荡："一战"、二月革命、十月革命、农业集体化、肃反运动、"二战"……历史断裂，社会失序，政治高压，白色恐怖……被饥饿缠身，拖着患有肺结核的病体辗转流离，挨过三段苦涩的婚姻；丈夫被处决，挚友一个接一个自尽或遭流放，或流亡国外，儿子被捕；被政治警察监视，被官方批斗，被迫沉默而转向诗歌翻译和研究，在探监队伍中度过17个月，以此为背景创作的《安魂曲》只能以口口相传的复盘方式流传……晚年收获荣誉，迎来转瞬即逝的春天。

厄运如影随形，是时代压力，也是自我选择。面对生命的创痛和社会的黑暗，阿赫玛托娃始终保持独有的高贵与美、骄傲与克制、优雅与坚忍，勇敢地承担起诗人的历史使命，书写那些穿过自己、刺伤自己的事物，书写祖国和人民的苦难。她一生以无边的爱，以无穷的创造力，凝视人心和时间的深渊，穿越绵延的绝境。

二

即使是在早期的爱情诗中，阿赫玛托娃也是一个孤独的苦修者。在这些韵律严谨、富有节奏感和音乐性的短诗里，"哀泣的缪斯"向我们吟唱爱的激情、欢愉、伤痛、奴役、分裂、缺失和虚无。它们清晰而具体，以极简而生动的细节和场景，写尽爱情中隐秘、幽微、曲折、复杂的心绪。它们直接而亲密，像悲伤的人在日记里喘息，像无助的人伸出双手拥抱自己。

> 在小提琴忧戚的祈祷中
> 善于如此甜蜜地恸哭，
> 而若在尚未熟悉的微笑里
> 将它识破，又令人战栗。
> ——《爱》

> 只有你的声音在我的诗句里歌唱，
> 我的呼吸在你的诗行里浮动。
> 哦，仿佛那篝火，遗忘和恐惧
> 都不敢将它触碰……
> 但愿你知道，此刻我多么爱慕
> 你干枯的玫瑰一样的双唇！

——《你我不再共用同一只杯子……》

我和我并不爱的人
走遍多少荒芜寥落的道路，
我为那曾爱我的人
多少次在教堂里叩拜祈福……

我变得比所有健忘的人更健忘，
岁月如静水深流。
那不被吻的嘴唇，不含笑的眼睛，
再也不会向我返还。
——《代替智慧的——经验，是一杯……》

　　阿赫玛托娃有一双深邃的眼睛，对爱情中闪现出的晦暗、朦胧、倦怠（这似乎正是她所偏爱的字眼）的人性有明亮的洞彻，而她描摹挥之不去的死亡之影，也力透纸背。

我曾像你一样自由，
却对生活太过渴望。
风，看我冰冷的躯壳，
没有人为我合拢双手。
——《风，请把我埋葬，埋葬！》

而我蒙住自己的脸庞，

仿佛面临永久的别离，

我躺下身来等待着它，

那尚未被苦难命名的。

        ——《回答》

或许我们会坐在揉皱的雪地

在墓旁，发出轻轻的叹息，

你用木棍描画着宫殿，

我们将永远栖居那里。

        ——《我们不会告别……》

    死亡意识既是诗人逃离感情旋涡的出口，更是她作为苦修者的人生底色。这与时代气氛有关，大概更根植于诗人宗教信仰中牢固的罪错意识，诗中对痛苦之美的珍视，对分手、缺失、未完成、不完满的隐忧，对末日、死亡、惩罚、苦难的预言和等待，字里行间贴下的"寡妇""可怜""乞丐""贫穷"的标签，或许都源于她自我审判的目光，源于她内心深处的罪感。于是她的"哀泣"，更像是一种忏悔，一种祈祷，这恰恰使她的灵魂得以圣洁、高贵。正如她的后辈诗人布罗茨基所言，"这些诗中受伤的女主人公被嫉妒或愧疚所出卖或折磨，她的诉说更多的是自责而不是愤怒，更明显的是宽恕而不是指摘，是祈祷而不是尖叫。她展示19世纪俄罗斯散文的所有情感微妙性和心理复杂性，以及那个世纪的诗歌教给她的所有尊严。"

    这里如此明亮，疲倦的身躯

如此孤寂无依地休憩着……

而过路的人不明所以地猜度：

也许，她刚在昨天成了寡妇。

——《你像用一根麦秆啜饮我的灵魂……》

还有那黝黑安闲的老妇

投来指指点点的目光。

——《你可知道，我正为羁绊所苦……》

可上帝竟为何将我惩罚

日复一日，每时每刻？

也许这是天使向我指明

那道不为我们所见的光？

——《人们为穷困的，失意的……》

　　苦修者、负罪者阿赫玛托娃的姿态是谦卑的，神色是沉静的："我学会了简单、明智地生活/学会了仰望天空，向上帝祈祷/学会了在黄昏时分久久地游荡/以平息内心徒劳的忧虑。""在天父的花园里，我/不做玫瑰，也不做野草/我因每一颗尘埃而战栗/因傻瓜的每句话而战栗。"她将修行蕴于永不止息的创作和歌唱中，将承担缪斯赋予的使命视为救赎的可能："既然无缘爱情和安宁/就请赐我苦涩的荣耀。""我默默凝望她的背影，我只爱她一人/而一片霞光映照空中/打开通向她国度的大门。"可以说，我们在阿赫玛托娃后期诗歌中读到的祈祷者、受难者的形象，那为国家和民族哀泣、恸哭的诗人形象，早已在她的早期作品中悄然成长；而那个终其一生在爱与创造能量的支撑下穿越生命绝境、实现自我拯救的苦修者，也早已在此时启程。

三

从诗集《群飞的白鸟》开始，时代的雨滴已愈来愈密集地敲打在阿赫玛托娃的诗行中，但基本上还是作为背景音汇入她一如既往地叩问爱情、细说日常的歌声中。诗人的敏感、自重，使她把周遭发生的一切内化，将时代和社会的种种粗鄙、野蛮、丑恶、黑暗、荒诞，用心灵的棱镜折射。她中后期的诗歌依然保持着真诚、朴素的质地，这对混乱世代中焦灼不安的人心，更是一种亲切的抚慰，一种孤独的共鸣。

> 我将在此终结
> 我光荣的献祭之路，
> 而身边只有你，我的同类，
> 还有我的爱情。
> ——《基辅》

> 请赐我沉痛苦涩的岁月，
> 赐我窒息、失眠、热病，
> 请夺走我的小孩和朋友，
> 还有我神秘的歌唱天分——
> 经受那么多煎熬的时日
> 我跟随你的弥撒祷告，
> 祈愿黑暗的俄罗斯上空

阴云消散，荣光辉耀。

     ——《祈祷》

大地空茫。预感到恐怖的
灾难，我们顷刻暗哑。
雕枭追悼般地呼喊着，
窒闷的风在花园里嘶鸣。

  ——《月亮在湖对岸栖停……》

个人爱情的终结和生活的飘零，与整个世界的轰然崩塌结为一体，时代的回声回荡在个人的遭际中。只是后米，在时代和国家的电闪雷鸣之下，个人生活早已无处藏身，时刻会被毁灭性的风暴席卷。黑暗日益加剧，死亡日益迫近，阴云密布的天空下，一切都微不足道，一切在化为乌有。

恐惧，在黑暗里翻检东西，
将月亮的光芒涂抹在斧头。

  ——《恐惧，在黑暗里翻检东西……》

诽谤如影随形。
我听见它如藤蔓攀爬的脚步，在梦里
在无情的天空下死寂的城市里，
当我为面包和容身之地四处流浪。
……
它可耻的呓语会被所有人听见，

使邻居不能抬起双眼看向邻居，

使我的肉体遗留在可怕的虚空

······

——《诽谤》

我为破碎的家园，

······

也为你，干杯——

······

为人世残酷而粗鄙，

为上帝也没能拯救。

——《分离三首·最后的祝酒》

　　诗人行走在生死之间，迎接着各种非人的打击，但她一次次拒绝朋友流亡国外的邀请，始终与"罪孽深重"的祖国和人民共命运。她一面默默承受，一面奋起反击，依然是以创作的方式，哪怕是在被封杀被禁言的年代。她在《简略的自述》中说："我从未停止写诗。诗中有我与时代的联系，与我国人民的新生活的联系。我写诗时，我就活在了那韵律中，它就喧响在我们国家英勇的历史中。我是幸福的，因为我活在这个时代，并阅历了那些史无前例的事件。"于是我们看到，她诗歌的题材渐渐宏阔、庄严，哀泣的声音更加沉郁、凝重，愈加简练的诗风中却愈来愈充满厚重的历史感。

　　于是我们读到了泣血写就的史诗级作品《安魂曲》，组诗中失去丈夫的寡妇和失去儿子的母亲，受房管员和政治警察监视的处境，等待审判的煎熬和面对死亡的从容，绝望深处迸发的希望，与俄国成千上万的民众命运相通，与俄国千百年来的历史命运相通。

> 我们一早起身，像赶去晨祷，
> 行走在粗野荒凉的国都，
> 我们在此相遇，比死人更衰颓，
> 太阳垂落，涅瓦河上的雾渐浓，
> 而希望总在远方歌唱。
> ——《安魂曲·献词》

> 死亡的星辰高悬上空，
> 无辜的罗斯不住地痉挛
> 在一双双染血的靴子下
> 在黑色马露霞的滚滚车轮下。
> ——《安魂曲·序曲》

阿赫玛托娃超越了一个被动的受害者身份，超越了时代强加给个人的力量，像普希金、"十二月党人"及其妻子、陀思妥耶夫斯基们，以自己对诗人及知识分子使命的担当，以爱和创作为武器，保存下政治和暴力企图歪曲或湮没的真相，证明再黑暗、再残酷的时代，也不能把所有的人都摧垮，把所有美好的人性都毁灭。她"以她的悲剧铸造了纪念碑的底座"，树立在人性的边疆。她依然保持着一个受难者、苦修者的姿态，既扮演着一个怀着无限的爱与悲悯、因子受难的圣母的形象；同时也意识到自己是一个蒙受了恩惠的"圣子"，勇敢地背负起自己的十字架；因此她才能谦卑而高贵、隐忍而平静地面对磨难和死亡。这是她宗教信仰中罪错意识的延续，而此时，她个人的罪感与整个俄罗斯民族的罪感相通。

> 我也不止为我一个人祈祷，
> 而是为所有曾与我同在，
> 无论彻骨的严寒还是七月酷暑
> 守候在刺眼的红色高墙下的人。
> ……
> 而倘若某天有人想为我
> 在这个国家竖立纪念碑，
> ……
> 要立在这里，我鹄立三百小时的地方
> 门闩不曾为我打开的地方。
> 再有，在死亡的安宁中我害怕
> 遗忘隆隆驶过的黑色马露霞，
> 遗忘砰然关闭的可恨的牢门
> 遗忘老妇受伤野兽般的哀号。
> 让消融的冰雪像泪水一样，
> 从静默的青铜眼帘下流淌，
> 让监狱的鸽子在远方咕鸣，
> 让船只在涅瓦河静静游弋。
>
> ——《尾声》

我们听到了她一面悲苦受难、一面虔诚祈祷的声音。一面是深沉的悲哀和绝望，一面是崇高的悲悯和赞颂。同时，她在奋力打通自己生命的头和尾，凿通民族生命的头和尾，她一面从历史长河中源源不断地汲取支撑和丰富自己的力量，一面又朝向遥远的未来，把一切交给未来审判。

　　也许这正是诗人的使命，以创作来实现对冷酷现实和顽固时间的胜利，邀请人们从绝望和虚无中转身，找寻通往爱、自由和无限的路径；这大概也是生命的意义，穿越苦难的绝境，达到爱的回归和升华。

　　这恰恰也是我喜爱并尝试翻译阿赫玛托娃诗歌的原因，我被它们的简单而通达、朴素而神秘所击中，被诗人在苦难中祈祷的姿态所感染。但我深知自己才疏学浅，力有不逮，即使站在众多巨人前辈的肩膀上，也无法精妙地传达阿赫玛托娃诗歌严谨的韵律和微妙的诗意。在师友的鼓励下，不揣谫陋，将百余首译作呈献给各位朋友，期待大家批评指正。感谢恩师汪剑钊带领我进入诗歌的花园，感谢四川人民出版社的接纳和辛劳。